他們的初心

台灣五位民選總統首任就職演說敘事批評

胡幼偉 著

目錄

自序		005
第一章	緒論	009
第二章	以敘事批評分析總統就職演說	019
第三章	李登輝總統就職演說 （1996 年 5 月 20 日）	035
第四章	陳水扁總統就職演說 （2000 年 5 月 20 日）	055
第五章	馬英九總統就職演說 （2008 年 5 月 20 日）	081
第六章	蔡英文總統就職演說 （2016 年 5 月 20 日）	105
第七章	賴清德總統就職演說 （2024 年 5 月 20 日）	129

目錄

第八章　結論　　　　　　　　　　　　　　　　151

參考資料　　　　　　　　　　　　　　　　　　165

附錄一：李登輝總統就職演說全文
　　　　（1996 年 5 月 20 日）　　　　　　　169

附錄二：陳水扁總統就職演說全文
　　　　（2000 年 5 月 20 日）　　　　　　　179

附錄三：馬英九總統就職演說全文
　　　　（2008 年 5 月 20 日）　　　　　　　191

附錄四：蔡英文總統就職演說全文
　　　　（2016 年 5 月 20 日）　　　　　　　199

附錄五：賴清德總統就職演說全文
　　　　（2024 年 5 月 20 日）　　　　　　　213

自序

想寫這本學術專書，已經起心動念了好長一段時間，賴清德總統在 2024 年即將發表總統就職演說前，台灣島內及國際社會，特別是美國及大陸對演說內容的高度關切，終於促成了動筆的決心。

大概很少人會反對，自 1996 年台灣開始總統直接民選以來，每當中華民國出現一位新總統，這位新的國家領導人要把台灣帶往何方，是值得密切注意的大事。將近 30 年來，從李登輝到陳水扁，再到馬英九、蔡英文乃至賴清德，台灣已經出現了五位民選總統。他們當選總統後，都曾經在就職演說中，以特定的敘事風格，講述了理想中的台灣新故事。故事中的內容與角色是否具有內在一致性，敘事的真實感如何，敘事中是否有道德或情感訴求，都關係到他們的就職演說是否具有說服力。如果說服力不足，他們的領導統御，可能從就職第一天開始，就會受到質疑，為之後四年的台灣，蒙上一層不確定的陰影。

因此，分析台灣到目前為止，五位民選總統在上台第一天發表的重要演說，不但是從學術角度檢視他們的傳播能力，也是想藉由了解這五位總統在剛登大位時的初心展現，獲得另一

自序

種線索,以理解台灣為何會走到今天,總統所思所言而造成的歷史因素。

當然,要分析總統就職演說內容,必須要有符合學術規格的分析工具。工具的種類不只一種,本書採用敘事批評(narrative criticism)做為分析架構,主要是因為這種語藝分析方法已廣泛應用於評斷國家領袖演說內容的說服力,因此也是國際學術界在這類研究主題上,已獲普遍認同的研究方法。不過,這並不表示其他語藝分析方法不適用於本書研究主題;只因本書的寫作目的,不包括對於不同方法的比較,因此決定只專注於一種研究方法的應用。

另外,要說明的是,本書只分析台灣五位民選總統的首任就職演說內容;連任時的就職演說文本,不納入分析範圍中。之所以如此安排,一方面是為了維持分析範疇的一致性。五位民選總統中,李登輝總統於1996年成為台灣首位民選總統前,已由國民大會選出,擔任過一屆總統,因此,依憲法規定,不能於2000年再競選連任。賴清德則是在本書寫作時,剛當選總統。因此,若將陳水扁、馬英九及蔡英文的次任總統就職演說內容納入分析範圍,會造成對五位總統演說內容分析基礎的不一致。

其次,如本書書名揭示的,作者感興趣的,是這五位民選總統在剛承受民眾付託時,對台灣未來的初心規劃。只有在他們首次成為民選總統後發表的就職演說中,才能聽到他們原始

的宏圖大志，也才能聽到他們對舊時代的批評，以及對新時代的想望，從那些批評與展望的敘事中，我們會獲得線索，了解台灣在各方面的轉變軌跡與轉變的原因。

至於說對陳水扁、馬英九或蔡英文首任與次任總統就職演說的比較分析，目的應該是要了解這三位總統自身的心境變化，那就是另一個研究主題，或許可以用另一本專書來專門處理這個問題，而不是本書要探討的課題。更何況，從馬英九、蔡英文及賴清德首次當選總統後的就職演說中，已經可以窺見他們對前任總統八年施政的總體批評，因此，若要了解新總統對舊時代的整體觀感及對新時代的影響，只分析五位民選總統的首任就職演說，已經可以達到這個研究目的。

另外，要說明的是，本書的寫作目的，在於分析自1996年以來，台灣五位民選總統在總統就職演說中的語藝策略，而不在於褒貶他們的施政績效；對於這五篇就職演說的分析，是基於學術上敘事批評的評斷指標，不是這五位總統在演說中所做承諾的兌現程度。

最後，本書得以順利出版，要感謝崧燁出版社的大力支持，也要感謝諸多親友的鼓勵。希望這本學術專書能激發更多學者對總統演說分析的興趣與投入。畢竟，總統的講話，對國家發展會產生關鍵性的影響，也是我們了解台灣為何會有當前處境的重要線索。

自序

第一章
緒論

第一節　為何分析台灣五位民選總統首任就職演說內容

　　台灣自 1996 年開始,以全民普選方式產生歷屆總統,在此之前,中華民國總統皆由國民大會代表選舉產生。因此,全民普選總統,可以說是台灣邁向直接民主的重要里程碑。民選總統要向全民負責,也需要多數民眾支持,才能有效治理國政,因此,總統能否經由向全民演說的方式,說服民眾接受其治國方針,維繫人民對領導者的向心力,便是觀察總統領導統御能力的一項重要指標。同時,誠如美國傳播學者 Mumby（1993）所言,總統演說之所以重要,是因為演說內容是一種社會控制手段,也有助於文化與社會的延續。

　　在總統發表的各項演講中,首任就職演說內容尤其受到關注。這有幾方面的原因。首先,這是新任領導人對其就任時,國家內外局勢的觀察、分析與描述,也是對國家在過去、現在

第一章　緒論

或未來故事的敘事（narration）。身為新任總統，首先面臨的挑戰，就是對於這些故事的敘事方式，能否獲得至少是多數選民的認同，這也是民眾藉以判斷他們是否選對了領袖的第一項觀察指標。

其次，民選總統的首任就職演說，必然要標示出在未來四年任期中，要完成哪些重要施政項目。新任總統會用何種敘事方式，讓人民能夠清楚完整地了解並認同其治國願景；更要讓民眾相信，那些有關未來故事的承諾，有實現的環境與落實的方法，這關乎新總統就職後，是否有個好的開始。是新總統就任時的第二項挑戰。

最後，由於台灣與大陸的特殊關係，以及台灣在亞洲，乃至全球範圍內大國博弈中的戰略地位，自1996年以來，台灣每屆新任總統的就職演說中，如何看待與對應兩岸、台美、及台灣與其他盟邦或非盟邦在過去、現在與未來的互動模式，也是大陸、美國與其他國家政府乃至人民關切的議題。由於台灣的民選總統對兩岸、外交與軍事事務有主導與決策權，因此，新總統的上台，能否讓對岸與其他國家相信，台海局勢不至於往失控的方向移動，便是新總統在就職演說中，必須講究敘事策略、小心應對的另一項挑戰。

面對以上三項挑戰，台灣自總統直接民選以來，從李登輝、陳水扁、馬英九、蔡英文，直到賴清德等五位國家領導人，都

在首次承受民眾付託後,以獨特的敘事方式,在就職演說中,展現其政治思想與治國理念。雖然這五位總統在演說中做出的承諾,未必都能兌現;但是,對這些演說內容進行深入分析與比較後,對於近 30 年來,由總統帶動的台灣民主政治發展軌跡與演變歷程,卻可獲得從傳播學視角觀察後,獲得的另一番知其所以然,這也是本研究希望取得的一項主要貢獻。

第二節　五位民選總統發表首任就職演說時的獨特情境

在開始分析李登輝、陳水扁、馬英九、蔡英文及賴清德等五位民選總統首任就職演說內容前,首先應該了解他們發表演說時,面對的獨特政治情境。畢竟,情境因素有可能影響敘事策略。當然,總統的個人主觀政治理念,也是影響其敘事風格的一項因素,個人風格要發揮到何種程度,有較大彈性;然而,新總統上任時必須面對的客觀政治情境,卻是演說敘事必須照顧到的根本基底。忽視這項根本因素,可引來就職演說有聽起來「不知今夕何夕」的負評。因此,我們首先對五位民選總統就職時的獨特政治情境,要做個簡要的回顧。

李登輝在蔣經國總統於 1988 年元月 13 日去世後,以當時的副總統身分,依憲法規定繼任總統,並於 1990 年蔣的總統

第一章　緒論

任期屆滿時，由國民大會選出李為蔣之後的下屆總統。國民大會又於 1994 年修憲，將中華民國總統選舉辦法，由國大代表投票，改為由全體公民直接選舉產生。李登輝隨後在 1996 年當選中華民國第一位民選總統。這次的選舉，是台灣民主政治發展史上的一次重大轉折點，總統當選人不再像以前一樣，只對國民大會負責；而是要取得多數民眾支持，才能登上大位，或爭取連任。在這樣的政治環境中成為台灣首位民選總統，可以想見，李的就職演說，必然要對台灣民主政治的發展前景，提出有說服力的願景。

李登輝的總統任期，至 2000 年結束。當年，民進黨提名的陳水扁當選為台灣第二位民選總統。這次的選舉結果，創造了中華民國政府自 1949 年遷台以來，第一次由非國民黨籍的政治人物擔任總統，也是台灣首次出現政黨輪替執政。陳水扁雖然在總統大選中獲勝，但得票率僅有百分之 39，離過半數的民眾支持，還有一段距離。再加上民進黨於 1991 年通過了台獨黨綱，又於 1999 年通過了台灣前途決議文，不以兩岸統一，做為國家發展的唯一終極目標。因此，陳水扁當選總統後，是否會推動台獨建國，並因而造成兩岸局勢趨於緊張，便成為台灣內部、大陸及國際上共同關切的嚴肅議題。面對這種政治情境，陳水扁在首任總統的就職演說中，如何運用語藝策略，穩定海內外民心，是值得回顧與分析的歷史問題。

第二節　五位民選總統發表首任就職演說時的獨特情境

　　陳水扁雖然在首次當選總統後，宣佈不會廢除國家統一綱領，但在第二任期結束前的 2006 年，終止了國統會的繼續運作，並運作在 2008 年總統大選投票日，同時舉行台灣加入聯合國公投案，這使中共認定，陳的目的，是以公投推動所謂法理台獨，於是，兩岸關係趨於緊張。此外，陳在總統第二任期中，爆發疑似貪瀆案而引發 2006 年的紅衫軍百萬人倒扁運動。在這樣的政治情境中，形象清廉，主張兩岸開放直航、緩和關係、增加雙方民間交流的國民黨總統候選人馬英九，以百分之 58 的得票率，當選第三位台灣民選總統。這是台灣民主發展史上的又一次政黨論替執政。馬如何運用語藝策略，在 2008 年的首任總統就職演說中，試圖讓民眾相信，他所領導的政府，可以去除貪腐、促進兩岸和平交流，並增進台灣經濟成長，是本研究的第三項分析重點。

　　馬英九總統開始執政後，開放兩岸直航，大陸與台灣關係趨於和緩，兩岸在觀光、文化、體育、教育等層面多方交流。在兩岸經貿方面，台灣銷往大陸產品，佔台灣對外貿易達百分之 40 之重。兩岸又於 2010 年馬總統第二任期內，簽署了「海峽兩岸經濟合作架構協議」(ECFA)，進一步深化兩岸經貿合作。然而，雙方互動層面的快速深化，大陸對台釋出讓利措施，也引發在野的民進黨及部份台灣年輕人質疑，馬英九過分親中，台灣經濟發展依賴大陸過深，有喪失台灣主體性之虞。於是，

第一章　緒論

在 2014 年台灣立法院審議在 ECFA 架構下的「海峽兩岸服務貿易協議」時，爆發了台灣年輕人攻佔立法院的「太陽花學運」。

這場持續將近一個月的社會運動，是台灣反中力量的一次集體湧現，馬政府並未驅離佔據立法院的學運參與者，一方面使在野勢力士氣大增；另一部份民眾則是不滿馬政府的軟弱應對。國民黨的民意支持度陡然下降，在 2014 年的地方公職人員選舉中慘敗。隨後，面對 2016 年的總統大選，國民黨只有時任立法院副院長的洪秀柱登記參加黨內初選。洪獲國民黨提名為總統候選人後，在競選期間提出「一中同表」的兩岸政策，因不同於馬政府宣傳多時的「九二共識、一中各表」論述，引發國民黨內外諸多質疑。在多位國民黨籍 2016 年立委候選人向國民黨中央強力施壓，要求更換國民黨總統候選人後，國民黨在 2015 年 10 月決定將總統候選人由洪秀柱改為朱立倫。這個決定固然終止了洪引發的「一中同表」爭議，卻也引發洪秀柱支持者的不滿。最後，在國民黨自亂陣腳的狀態下，由民進黨提名的蔡英文在 2016 年台灣總統大選中獲勝，成為台灣第四位民選總統，也造成再次政黨輪替執政。

蔡英文的民進黨籍身份，自然會引發台灣內部，對岸或國際上關注台海情勢演變的人士，猜測她在首任總統的就職演說中，針對兩岸未來關係，會如何敘事；她的語藝策略，是否試圖穩定兩岸關係，對所謂統獨問題，會有哪些或明或暗的論述？今

第二節　五位民選總統發表首任就職演說時的獨特情境

天以分析蔡的首任總統就職演說內容,來回頭檢視這些問題的答案,不只是為了了解蔡總統獨特的語藝風格,也是從傳播學的角度切入,藉此理解台灣在民進黨再度執政後,兩岸關係進一步變化的原因所在。

蔡英文的首任就職演說中,未提及願與對岸在九二共識基礎上和平交流,中共於是認定,蔡在兩岸政策上,不具善意,仍然傾向民進黨的台獨路線,兩岸關係也因此從馬英九時代的頻繁交流,轉趨冷淡。蔡總統第一任期結束前的 2019 年 11 月開始,全球爆發 covid-19 疫情,台灣展開防疫初期,拒絕對岸的防疫援助,政府採購疫苗時,也排斥出貨地區與對岸有關的疫苗。這些措施加深了兩岸關係低盪的氣氛;同時,兩岸受疫情影響,更是大幅減少各類交流。

此外,蔡在 2019 年競選連任時,表態支持香港反送中社會運動,並經常以「中華民國台灣」稱呼她所領導的國家。連任成功後,蔡總統在 2021 年中華民國國慶大會演說中,提出「兩岸互不隸屬」的主張,再加上蔡從第一任到第二任期中,在中美對抗的國際局勢中,選擇親美抗中路線,兩岸關係於是快速進入愈趨緊張的態勢。在蔡總統第一任期內,中共軍機偶爾跨越海峽中線;在蔡的第二任期內,共機飛越海峽中線,已屬常態。同時,蔡不顧中共反對的親美外交行動,例如 2022 年 8 月 3 日接見訪台的時任美國聯邦眾議院議長裴洛西,以及 2023 年

第一章　緒論

4月初蔡總統外交出訪過境美國時，會見時任美國聯邦眾議院議長麥卡錫後，中共都立刻在台灣周邊舉行報復性的大型軍事演習。台海的緊張情勢，成為國際關注焦點。

在蔡英文第二個總統任期屆滿前的2024年2月14日，發生台灣海巡署艦艇與大陸漁船在金門附近海域碰觸，造成大陸漁船翻覆，兩位大陸漁民死亡事件後，兩岸相關人員討論如何處理善後。大陸方面要求我方道歉、賠償；蔡政府則認定，大陸漁船進入我國在金門附近畫定的禁止、限制大陸船隻進入海域，我國海巡艦艇事發當時執行公務，要求登船檢查大陸漁船，對方拒檢並高速駛離時，雙方船身發生碰觸而導致大陸漁船翻覆、漁民落海身亡，海巡署執勤人員執行勤務，也已當場搜救落海漁民，並無過失、拒絕道歉。於是雙方談判破裂，兩岸緊張關係再度升溫。中共隨之不承認金門附近有所謂禁止、限制海域，並開始在該海域常態性派出海警艦艇巡航。

就在兩岸關係愈趨緊張，中共常態性以軍機、軍艦、在台海上空或海面上震嚇蔡政府的情境下，民進黨提名的賴清德在2024年年初，當選為台灣的第五位民選總統。由於賴曾公開自稱為「務實的台獨工作者」，在競選總統時，也表態拒絕接受九二共識，並宣稱若當選總統，在兩岸政策上將延續蔡英文總統的兩岸路線。因此，賴在宣誓就任總統後的就職演說中，會以何種敘事策略談論兩岸問題，自然會成為台灣內部、對岸，

第二節　五位民選總統發表首任就職演說時的獨特情境

甚至是國際上高度關注的議題。此外，由於賴的總統大選得票率僅有百分之 40；民進黨在 2024 年的立委選舉中，也未能成為國會最大黨。國會中的在野勢力，對諸多內政議題，包括經濟與能源政策、醫療保健與食品安全、媒體管理與言論自由等，都表示要追究蔡政府留下來的行政責任。這對賴清德而言，也是一種政治壓力。面對這些政治情境，賴在就職演說中的語藝策略，能否讓他的總統之路，有還算順利的第一步，不至於在第一個總統任期中，就讓他領導的國家，真的發生戰爭或內政危機，是本研究要深入剖析的課題。

　　總言之，要了解近 30 年來台灣的民主政治發展軌跡，五位民選總統在就職演說中對國家發展方向的敘事方式，透露出他們自認可行的領航方向，也是了解台灣民主故事之所以如此演變的源頭線索，更是一種值得嘗試的，從傳播學中語藝批評視角切入的研究課題。

第一章　緒論

第二章
以敘事批評分析總統就職演說

第一節　敘事批評的評斷標準

　　本研究將以敘事批評法，分析台灣近 30 年來，五位民選總統的首任就職演說內容，五篇演講稿全文，皆取自於中華民國總統府官方網站。

　　政治領袖的言說，常是語藝批評的研究文本。例如，游梓翔（2006）就曾研究自 1906 年到 2006 年兩岸領導人的語藝策略。在各種語藝批評方法中，敘事批評（narrative criticism）常被用來分析美國總統及其他世界領袖的演說內容（e.g., Darsey, 2009; Dorsey and Harlow, 2003; Smith, 1989）。此外，學者也曾運用敘事批評分析新約聖經中的四福音書（Powell, 1991）。在台灣，敘事批評方法也曾被用於研究不同類型的文本（金珮君, 2017; 張廣祺, 2013; 劉嘉峻, 2020; 鍾凱晴, 2020）。

　　根據美國傳播學者 Walter R. Fisher（1984, p. 6）的說明，人類可以說是一種敘事的動物，而敘事（narration）是一種人

第二章　以敘事批評分析總統就職演說

類的互動型態。敘事是人們用於表達己意的一種活動、一項藝術、一種文類，或是一種傳播模式。另一位傳播學者 MacIntyre（1981）也指出，人們都以敘事的方式，來了解自己的生活。

那麼，到底什麼是敘事呢？Burke（1968）認為，如果說人類是使用符號的動物，那麼，敘事可以說是這種說法的延伸。換言之，敘事是人們組合符號的一種文類，其目的是為人類的生活經驗賦予秩序，並誘使他人生活於這種秩序中，以產生人與人之間的共通性。Fisher（1984）進一步指出，人們將社會實況嵌入戲劇化的故事中，形成「語藝的想像」(rhetorical fiction)。在這種想像中，包含事實及帶有說服性質的信念。簡言之，Fisher（1984, p. 2）指出，所謂敘事，是一種說故事（story telling）的方式；是有關語文和（或）行動的一種符號行動理論。對於創造或詮釋符號的人們而言，使用符號時必然蘊含某種意義，也會產生某些後果。敘事的觀點，正適用於分析真實或虛構故事中的意義。傳播學者 Kamler（1983）也認為，所有的傳播行為，其實都是在分享故事，經由與他人分享故事，人們成為一個社群中的成員。

Fisher（1984, p. 1）甚至將他所倡言的敘事批評，視為分析人類傳播內容的一種研究典範，並稱之為「敘事典範」(narrative paradigm)。他指出，在進行文本語藝批評時，他正朝向一種新的敘事典範前進。這個新典範的假設是：語藝的價值，在於人

第一節　敘事批評的評斷標準

是一種具有理性（rationality）的動物，而理性或推論未必只存在於論證、推理、或暗示性的語言或文字結構中；而是在所有跟使用符號有關的行動中。都可能發現理性。

根據 Fisher（1984, p.2）的說法，敘事典範可以說是語藝發展歷程中，論證或說服主題和文學或美學主題的辯證綜合體。他表示，人類的敘事活動，會涉及自身之外的其他人。這種涉及他人的活動，可能是向他人「描述」（recount）或「解釋」（account for）某些事情。其表達形式，可能是嚴肅的論證或推理；也可能是詩歌或文學類的創作。不管表達的目的是描述或解釋，也不論表達形式為何，都是向自己或別人講述故事，以建構一個有意義的、生活於其中的世界。

Fisher（1984, p.6）強調，在敘事中，敘事者的角色、敘事中涉及的衝突與解決方法，以及敘事的風格會有變化，然而，每種型態的描述或解釋，只不過是試圖將「真象」（truth）與人們所處的情境產生連結而已。至於敘事和敘事間的好壞競爭，取決於敘事中是否具有「好的理由」（good reasons）。也可以說是夠不夠理性。或者，更具體地說，是否能夠滿足敘事理性的兩項基本要求，即敘事的內在一致性（narrative probability）及敘事的真實感（narrative fidelity）。內在一致性講求敘事內容不能前後矛盾；真實感是指敘事內容要符合聽眾的某些真實生活經驗。此外，敘事理性或好的理由，還要求敘事內容要有「道德誘因」

(moral inducement)。Fisher（1984, p.11）指出，人們在解釋某種實況時，一旦出現敘事，其中必然涉及道德議題，或是會引發聽眾的道德衝動。

綜合以上對於敘事批評或敘事典範的介紹，可以了解，所謂敘事，是人們經由說故事的方式，描述或解釋某些現象的符號行動（symbolic action）。人們經由敘事，才能對生活於其中，或他人的生活，或甚至是一個虛構的生活情境，產生有意義的理解。這裡我們必須對於何謂「故事」有比較寬廣的界定。可以說，所有的描述或解釋，都可以被理解為「故事」，而敘事，則是說故事的方式。

根據Fisher（1984）的說明，敘事的好壞，取決於敘事中是否具有「好的理由」（good reasons），此即所謂的「敘事理性」（narrative rationality），這是敘事批評的主要任務。所謂的敘事理性，包括三項評斷指標。其一為敘事的內在一致性（narrative probability），換言之，敘事的前後矛盾，是敘事的一大敗筆。根據Fisher（1987）的說法，敘事的一致性，可以從三個方面來檢視。首先是「敘事結構的一致性」（structural coherence），也就是敘事者描述的故事，有沒有前後不連貫或自相矛盾之處？其次是「素材的一致性」（material coherence），是指敘事者所說的故事，跟聽者過去相信的事情之間，有沒有相容性？第三是「角色的一致性」（characterological coherence），是指故事中的角色，

第一節　敘事批評的評斷標準

包括說故事的敘事者與故事中的角色,聽起來有多可信?而這種可信度,取決於角色的決策與行動反映出何種價值?

敘事批評的第二大項指標,是敘事的真實感(narrative fidelity)。故事內容可以是真實發生過的事件,也可以是完全虛構的故事;但講故事的方式,卻必須讓聽故事的人覺得,這個故事符合聽者的某些生活經驗(Foss, 2017)。當然,這個經驗可能是一種親身體驗,也可能是被告知的他人生活經驗。Fisher(1987)也指出,如果一個故事要讓聽者覺得有真實感,這個故事中,應該蘊含某些聽者能夠同意的價值;而且,這些價值應該能創造正面的後果,或是能夠反映社會行為中的某些理想精神。

第三項評斷敘事好壞的標準,是敘事可否引發聽者在道德上的共鳴(moral inducement)。Foss(2017)闡述 Fisher 有關敘事典範的應用方式時指出,對某一文本進行敘事批評時,研究人員要探討的問題是,敘事的結構會如何引導對某種情境的詮釋、某項敘事是否揭露了某人的某種認同,以及某一敘事是否透露了某種文化中的價值。

關於敘事的內在一致性及真實感,Fisher(1984, p.10)特別強調,不必然需要遵守規範性的邏輯思維法則。他表示,傳統上認定的「理性」(rationality),認為所有的論證,必須遵循一套合乎邏輯的思想法則(law of thought),否則,就會被認為犯了邏輯上的謬誤(fallacy)。然而,當我們談到敘事理性(narrative rationality）時，必須了解，對於人類的任何選擇或行動提供解釋時，在本質上是描述性的（descriptive）而非規範性的（normative）。這表示，人們接觸到對某個故事的敘事時，評斷敘事的標準，是敘事的內在一致性，以及敘事與人們生活經驗的相似程度，而非敘事結構是否符合邏輯的思想法則。換言之，只要在說故事時，能夠維持敘事的內在一致性，敘事的方式，也符合聽者的生活經驗，同時能誘發聽者的道德感，聽者就能認同這樣的敘事，即使敘事中的論述未必完全符合嚴謹的邏輯思維法則，只要聽者能夠認同，敘事者可以說就達到了敘事的目的。

第二節　敘事批評案例介紹

在相關文獻中，已有若干針對不同類型文本，運用敘事批評法分析文本語藝的研究個案。由於本研究分析的是我國自 1996 年以來，五位民選總統的首任就職演說語藝，因此，在本節中，筆者只回顧幾則國內外學者以敘事批評法，分析總統或國家領導人演說語藝的研究案例，讓本書讀者對於這類研究有初步認識。

首先來看 Fisher（1987）對前美國總統雷根演說的敘事批評。整體而言，Fisher 從雷根的演說中發現，他的演說內容中，往往會出現若干與事實不符的敘事，所以，嚴格說起來，不符合敘事真實感的檢驗標準。然而，雷根之所以被稱為是一位偉大的傳

第二節　敘事批評案例介紹

播者,主要是因為他在 1980 年競選總統時,正值冷戰期間美蘇核武競賽的高峰期。而雷根總統的前任,美國前總統卡特,普遍被認為是一位軟弱的美國總統。由於美國文化有崇拜英雄的傳統,雷根從擔任兩屆加州州長以來所建立的反共鐵漢形象,使他在競選期間與當選總統後的演說中,能夠說服民眾,他是一位英雄,可以重建美國夢。換言之,雷根演說的成功,主要來自於他這位敘事者個人英雄角色的一致性,也來自於他在演說中強調的以民主與自由對抗極權專制,符合美國人民相信的一貫價值。正因如此,美國人民可以忽視雷根在演說中與事實不符的小錯誤,而在大方向上,接受他的演說內容。

其次要介紹的,是 Bundick（2008）對美國小布希總統競選連任時,接受共和黨提名後的演說內容分析,研究目的,是要了解小布希如何運用獨特的語藝風格,來同化演說的聽眾。Bundick 的研究,跟隨 Fisher 的敘事典範分析架構,觀察演說中的敘事,在內在一致性（narrative probability）及真實感（narrative fidelity）方面的表現,也試圖解析,演說中與主題無關的一些敘事,如何被用來打動聽者的某種感受。

Bundick 指出,小布希總統在 2004 年發表這篇演講時,正值美國遭到 911 恐攻後與美國進攻伊拉克之前,這個時間點,是了解小布希在演說中使用特定敘事策略的重要背景。Bundick 也認為,了解候選人在演說中如何提出情感訴求（emotional appeal)，才能真正理解候選人的企圖與立場。

Bundick 在解析小布希總統的這篇演說內容時，首先強調，這位總統在其任內，一直是一為非常有爭議性的政治人物。正因如此，分析他在演說中的語藝策略，也就成為特別有意義的研究課題。Bundick 認為，小布希總統這場演說中的敘事，基本上可以說是一次有效的口語傳播。根據幾位學者對 Fisher（1989）所提敘事有效性的理解，一個完整的敘事，應該要有開頭、中段、結尾及若干角色（Baldwin, Perry, and Moffit, 2004），小布希的演講內容，上述要素俱備。

在演說起點中，小布希首先說明他是誰，以及他相信什麼。在演說中段，他表明自己支持或反對哪些議題或社會運動。最後的結尾則是對未來的預測。演說中出現的角色，包括他自己、恐怖主義（被視為一種角色），以及他在 2004 年總統大選中的對手，民主黨總統候選人 John Kerry。小布希在演說中常提到「我」這個字，顯然是把自己當成敘事中的一個主要角色。他也把自己說成是一位英雄，並列舉自己已經或將要完成的任務。在演說中，恐怖主義被當成是一種惡魔角色；是民主、自由的勁敵。至於 John Kerry，則被小布希嘲笑，並把這位競選對手當成是一位青少年來看待。

Bundick 進一步分析了小布希如何敘述演說中的三個故事。Foss（2004）稱這種演說中的小故事為「衛星」（satellites）或「次

要情節事件」(minor plot events)。小布希在演講開頭提到美國在 2001 年遭受恐怖攻擊的原因，以及美國軍警消在災難中的英雄事蹟。Bundick 認為，在小布希的敘事中，這個故事本身結構完整，但從整個演說的敘事一致性來看，講這個故事，跟接受共和黨提名的政治意義，並沒有什麼必然關聯。不過，在敘事的真實感方面，故事中描述的美國英雄，倒是符合聽者的經驗認知，而能引發聽者共鳴，並報以熱烈掌聲。

小布希在演講中提到的第二個小故事，是他去勘查 911 恐攻現場時，一位救災人員抓著小布希的手臂說：「別讓我失望」。小布希接著說，那天之後，他每天早晨一醒來，就會思考，該如何把人民保護得更好。Bundick 認為，這個故事和小布希接受提名競選連任的演說主題，缺乏內在一致性的關聯；在敘事真實感方面，聽者也難以判斷，一位美國總統是否真的會在每天睡醒後，都想到國家安全議題。顯然，講這個故事的目的，只是對聽者的一種情緒訴求。

小布希提到的第三個故事，是關於他和公眾間的關係。小布希在演講中說：在過去四年中，你跟我認識了彼此，即使我們曾有意見分歧，至少你知道我相信什麼，也了解我的立場。Bundick 認為，這個故事還是跟「接受提名」的演說主旨缺乏內在一致性。論到真實感，也值得懷疑。畢竟，不是每一位聽者都像小布希的敘事所言，和美國總統有私人聯繫或熟識。不過，

第二章　以敘事批評分析總統就職演說

如果有聽者對這段敘事覺得有真實感,可能是因為聽者覺得自己和總統之間,有一種模糊及非個人化的連結。

Bundick 的研究結論是:從 Fisher 所提出的敘事批評標準來看,小布希在演說中提到的這三個故事,跟整個演說的主旨之間,缺乏內在一致性;在故事的真實感方面,也有值得懷疑之處。Bundick 認為,小布希對這些故事的敘事,主要是為了增進他與聽者間的情感連結。

接下來要介紹張蓉君(2023)對蔡英文總統 2021 年國慶演說的敘事批評。蔡總統的這篇演說,包含「團結展現韌性,國際合作防疫」、「區域情勢複雜,挑戰空前嚴峻」、「凝結團結共識,約定四個堅持」、「匯集社會力量,化解重大分歧」,以及「光榮自信攜手,台灣走向世界」等五個主題。張以敘事內在一致性(probability)、真實感(fidelity)及道德訴求(morality)為語藝批評標準,來檢視這篇演說中,是否有提供所謂「好的理由」(good reasons)。張認為,在一致性方面,蔡總統的 2021 國慶演說,對於台灣在國際防疫上貢獻己力,以及繼續與全球民主國家結盟等事務上的敘事,的確具有整篇演說中的內在一致性。然而,在敘事者的角色上,卻不完全一致。在大部份主題的敘事中,蔡以總統身份發言;但在若干敘事段落中,蔡顯然是以執政的民進黨主席身份提出訴求,希望在野黨能多和執政黨合作。

在敘事的真實感方面,張認為,蔡總統在演說中提到的若

干話題,像是全民共同防疫、台灣很難加入國際組織,台灣選手在東京奧運中的表現,甚至是民國47年八二三砲戰的意義等,都符合台灣民眾的生活經驗。然而,蔡總統在演講中關於台灣經濟繼續成長的說法,因為沒有提出具體數據,張認為聽者未必感覺符合生活經驗。

此外,張在研究中發現,蔡在演說中提到:「從1949年中華民國立足台灣以來,已經經歷72年…」。蔡總統只論及最近72年的歷史進程,而不說「中華民國建國110年以來」,或是「在中華民國過去的110年歷史中」這樣的句子,張認為,在中華民國慶祝建國110週年的國慶大會上,蔡的這種只提最近72年的講法,在演說活動主旨及敘事方式上,不符合敘事內在一致性的語藝批評標準,對於至少部份聽者而言,也不符合他們對於中華民國歷史的理解經驗。因此,這種只提國家最近72年歷史的說法,也難以完全通過敘事真實感的檢驗標準。不過,張在研究中也指出,在演說中,蔡總統提到國名時,多次使用「中華民國台灣」一詞,這充分凸顯蔡對中華民國的認同,聚焦於中華民國政府從大陸遷到台灣後的發展歷程,不涉及政府遷台前,在大陸的那段歷史。由於蔡總統在2020年競選連任時,以817萬票高票勝選,或許,蔡自認為對中華民國的敘事,只強調政府遷台後這72年中的歷史故事,也符合國慶演說聽者中,相當一部份國民在台灣的真實生活經驗,並能獲得他們對如此敘事

第二章　以敘事批評分析總統就職演說

的認同。

在誘發聽者的道德認同方面，張的分析指出，蔡總統在演說中提及台灣與其他國家合作防疫時表示，這是「讓善的循環不斷地擴散出去」，以及蔡說「我們相信自己有能力，和理念相近的夥伴攜手，為國際社會做出貢獻。台灣的國際形象，不再是亞細亞的孤兒；現在的我們，已經是可以而且能夠勇敢面對挑戰的堅韌之島。」等敘事方式，具有道德訴求的特質，應該可以獲得聽者的認同。綜合而論，張認為，從敘事批評的三項指標來分析，可以發現蔡總統在這篇國慶演說中，在內在一致性、真實感及道德訴求等方面，部份展現了敘事的「好的理由」；但演說中的某些敘事方式，未必能獲得所有中華民國國民的認同。這表示，蔡的演說，主要的訴求對象，未必是全體國民，而是對「中華民國台灣」這個蔡式國家定位有所認同的台灣民眾。

最後，來看一個關於中共總書記習近平於 2017 年 10 月 18 日在中共 19 大演講中對「中國夢」，即所謂中華民族偉大復興的敘事分析 (Li, 2022, p. 880)。研究者 Li 分析了習的一篇演講後指出，這項研究是要解釋，習對於中國夢的敘事，如何發揮一種功能，對他所領導的中共賦權，並統合對中國過去、現在及未來的迷思，來實現民族復興的夢想。

Li 指出，所謂中國夢，有三個重點。第一是實現中國夢的英雄角色，是一種集體（collectivity）的設定，而非依賴少數英雄

第二節　敘事批評案例介紹

人物,這是「中國夢」和「美國夢」(American dream)的一大差異。根據習近平的說法,要實現中國夢,需要所有中國人民在中國共產黨的領導下,共同努力完成理想。這根源於中國文化中的集體主義,與美國文化迷思中著重個人英雄不同。在中國文化傳統中,國家的強大,有賴於所有民眾在威權領導下,共同合作,而非依靠少數英雄可以成事。Li認為,習強調國家強盛,要靠威權領袖與所有人民,即「雙重行動者」(dual protagonists)的共同作為,源於中國人民從專制到共和時期的共同歷史經驗,是一種中國傳統政治文化中的迷思。

中國夢的第二項重點,是所謂「家國」(family nation)的傳統文化迷思。Li指出,中國人相信,所有國民都源出於同一遠古祖先,因此,家跟國是連在一起的概念。家庭是國家的縮小版,而國家是家庭的延伸。按照儒家思想,一個人在家庭中,被傳統文化的道德觀涵化後,便有能力關心家庭之外的其他同胞。這種大家都是一家人的文化迷思,在中國社會中,創造出一種強烈的整體歸屬感與社會凝聚力。Li認為,這是習近平倡議中國夢時的重要論述基礎。Li也指出,在國乃家之延伸的迷思下,習的論述,強調在實現中國夢的過程中,中共與中國人民的關係,是一種「父母」官與「子」民的關係,這為中國夢的實現,必須由中共扮演領導角色加上人民順從配合,創造出合理化的敘事基礎。

第二章　以敘事批評分析總統就職演說

　　習對中國夢相關敘事的第三個特徵，Li 指出，便是在實現夢想的過程中，必然會出現、也必須克服的敵人。畢竟，一切關於英雄實現夢想的迷思，本身已經暗示了敵人存在的可能性，如果沒有敵對力量需要被克服，又如何能夠彰顯英雄的作用與價值？在習的演講中，實現中國夢的敵人，主要是指中共官僚的貪污腐敗，以及所有威脅改革開放、經濟發展、擺脫貧窮的各種可能因素。綜觀 Li 對習近平針對中國夢的敘事分析，可以看出，習的敘事，基本符合中國人對家國一體政治文化及民族復興條件的歷史認知經驗，克敵制勝的講法，也能激發聽者的道德衝動。

　　Li 在細部分析中指出，為了凸顯實現中國夢的集體英雄意識，習近平在演說中用了 578 次「我們」一詞，只有三次使用「我」這個主詞，而這個「我們」，其實包括了以習為領導者的中國共產黨及所有被中共統治的中國人民。習的演說分成 13 個主題。在第一主題中，習回顧了從 2012 年到 2017 年中共做為領導者的英雄事蹟，包括讓中國成為世界第二大經濟體、讓超過八千萬人口從鄉村移居城市、發展「一帶一路」的國際貿易路線、成立了亞洲基礎設施投資銀行、主辦了第 22 屆 APEC 會議，以及在杭州舉辦 G20 高峰會議等作為。習在演講中的第二到第 12 個演說主題中，對於建設現代化的社會主義中國，提出全方位願景。習認為，中國已經基本上完成社會主義現代化的

第二節　敘事批評案例介紹

建設目標，也會成為全世界科技創新領導者，並將使中國人都能過上舒適的小康生活。研究者 Li 認為，習在演講中強調中共的成就，符合中國儒家思想中，統治者應照顧百姓福祉的傳統觀念，這是一種容易受聽者認同的敘事方式。同時，自中共於 1978 年實施改革開放以來，人民的基本生活水平，也確實優於改開前的狀態。所以，習對於他擔任中共總書記後頭五年內中國故事的敘事，符合人民的生活經驗，具有真實感。

　　關於實現中國夢的敵對因素。習在演講中指出，最大的敵人，就是各級官僚中的貪污腐敗行為，並說，中共應該持續自我改革，永遠跟人民緊密連結。除了貪腐，習也表示，所有妨礙人民過上更好日子的因素，都需要克服，其中包括就業、教育、醫療保健、住房、老人照顧及環保等問題，都需要解決。要克服難題，則有賴於全體人民在中共領導下，成為實現中國夢的集體英雄。

　　在研究論文的結語中，Li 總結出習近平關於中國夢的敘事，主要植基於中國政治思想的文化迷思上。這種迷思首先強調國為家之延伸，統治者與人民俱為一體的集體主義思想。要讓國家富強，則需要施行仁政、愛護人民的統治階級，以及與統治集團充分配合的全體人民。然後，為了實現集體夢想，領導者與人民要成為集體英雄，共同克服各種阻礙夢想實現的敵對因素。Li 指出，習近平這種從中國傳統文化迷思出發的敘事

第二章　以敘事批評分析總統就職演說

風格，是他這篇演講的主要語藝與說服策略。中國人民可能由於習的敘事風格，聽起來具有對文化迷思的真實感和道德感，而能夠接受習對中國夢的敘事。Li 因此認為，研究者在做敘事批評時，不能忽視敘事背後的文化因素，否則可能無法完全理解敘事者使用的語藝策略。

第三章
李登輝總統就職演說（1996年5月20日）

　　李登輝擔任副總統時，蔣經國於1988年元月13日在總統任內去世，李隨即依中華民國憲法規定繼任總統，並在1990年經由國民大會代表投票後，當選中華民國第八任總統。後經修憲，總統改由全民直選，李於1996年當選中華民國首位民選總統，也是第一位在台灣出生的中華民國總統。從台灣民主政治發展史的角度來看，總統選舉由間接選舉改為直接選舉，自然是民主政治的一大躍進，李登輝成為首位民選總統，其統治基礎的民意代表性，以及獲得統治權力的正當性，也更為增強。正因如此，他在當選台灣首位民選總統後的就職演說中，以何種敘事方式描述這種政治情境的轉變，又如何勾勒他對台灣更加民主化後的發展願景，是本章分析的重點。從歷史的角度來看，這篇就職演說的內容，可能在一定程度上，影響了台灣民主政治後來的發展方向，因此也值得再來仔細回顧與深入解析，演說中的敘事策略，是否為台灣的民主政治，打下了有說服力的基礎。以下，將根據Fisher（1984；1987）提出的敘事批

第三章　李登輝總統就職演說（1996年5月20日）

評標準，從內在一致性、真實感及情感或道德訴求等三方面，來檢視李登輝當選台灣首位民選總統後的就職演說內容。

第一節　內在一致性

李登輝於1996年5月20日發表就任台灣首位民選總統的就職演說。以敘事批評法來分析這篇演說，先要檢視其內容的內在一致性。

就敘事結構的內在一致性而言，全篇圍繞在台灣首位民選總統對國家現況的描述，與實現未來願景的承諾，此外，並無與上述主題無關的敘事。所以，從演說內容的整體結構而言，具有良好的內在一致性。

進一步剖析演說內容的結構佈局，李在演講一開始，就強調台灣已進入民主化的新時代。他說，

今天，兩千一百三十萬同胞，正式邁進主權在民的新時代。
我們已經成功地站上民主興革的高峰。
我們已經清楚地證明中國人有能力施行民主制度，運用民主政治。

然後，李闡述民主化成果的鞏固，有賴於在經濟、司法、社會、教育、文化及外交工作上，要有配套作為與政策方向。

第一節 內在一致性

例如，他說，

經濟發展與民主政治，同等重要。沒有成功的經濟發展，我們會失去一切。

如果司法審判不能受到人民充分的信賴，民主政治勢必受到嚴重的斲傷。

隨著政治的民主開放，台灣社會已呈現蓬勃的多元化景象。我們要運用多元化所釋放的活力，孕育新的社會生命力量，帶動社會的發展與進步。

在新的國際秩序之中，講求民主、尊重人權、崇尚和平、拋棄武力說共同遵守的信條，這與我們的立國精神，正相一致。

整體而言，在演說中，李提出「經營大台灣」的治國理念，這可以說是他以此口號維持有關台灣在內政與外交方面敘事一致性的統合架構。

然而，這種以中華民國在台灣為主體的敘事角度，和李登輝自1988年繼任總統以來，曾經發表過的兩岸統一立場，是否有缺乏一致性的問題？李曾於1990年在總統府內設置「國家統一委員會」，該委員會並於1991年通過了「國家統一綱領」。然而，1995年李獲美國政府同意，回母校康乃爾大學訪問並發表演講時，多次提及「中華民國」、「台灣經驗」及民主政治的價值，引發中共強烈反應，認為美國同意李登輝訪美及李的演講內容，違背一中原則。中共隨即在1995年7月及1996年3月，

第三章　李登輝總統就職演說（1996年5月20日）

兩度在台灣周邊舉行飛彈發射演習。

對於中共的不滿，李登輝當然是有所感知的。李的不悅，在他就任台灣首位民選總統的就職演說中，也表露無遺。他說，

去年以來，為了反對民主，中共對登輝個人發動一波又一波欲加之罪、何患無辭的誣衊。

又說，

為了影響我們民選總統的選情，中共進行一次又一次的軍事演習。

然而，不悅歸不悅，發表就職演說時，李登輝還是在敘事中，表明他追求兩岸統一的立場，與過往並無二致。在演講中，他說，

我們根本沒有必要，也不可能採行所謂台獨的路線。四十多年來，海峽兩岸因為歷史因素而隔海分治，乃是事實；但海峽雙方都以追求國家統一為目標，也是事實。

同時，在演講中，也出現「中國人幫中國人」的提法，並稱呼華僑為海外的「中國人」而不說是海外的「台灣人」，更稱呼兩岸人民為「同胞手足」。在談到文化建設時，則是使用了「中華民族」、「中華文化」、「建立新中原」等詞彙。這些關於兩岸政策的敘事用詞，共築出「追求兩岸統一」立場的一致性。

不過，李登輝雖在演說中表達出支持兩岸統一的立場，卻

第一節　內在一致性

也表明，他所說的統一，並非放棄中華民國體制，將台灣納入為受中共統轄的一個地方政府。他說，

> 我們不會受威脅而談判，但是絕不畏懼談判。我們主張，只有透過對談溝通，才能真正解決海峽兩岸的問題。

> 以最大的誠意與耐心，進行對談溝通，化異求同，才能真正解決國家統一的問題。

這些敘事用語，強調了中華民國的主體性，如果李同意將台灣轉變為中共轄下的地方政府，又何需耐心談判或化異存同？在接近結尾的一段話中，李登輝指出，台灣「完成了世人推崇的民主改革」，又說：「同樣是中華民族的一份子，在台灣做得到的，在中國大陸也可以做到」。由此可見，李對於兩岸統一的設想，是以台灣的民主改革成果，做為統一方案的藍圖，這跟演說全篇強調民主政治的敘事基調，達到敘事內在一致性的要求。

在角色的一致性方面，李在通篇演說中，都以國家新任總統的身份進行敘事；並表明因為被人民選為國家領導人，所以，在內政、外交及兩岸事務上，有責任說明決策方向，並做出完成任務的承諾。做為總統身份的敘事者，李在演說中維持了敘事者角色的一致性。

除了敘事者，演說中包括的其他主要角色，有六類人。首先是台灣全體民眾。關於這個角色，演說中出現的用詞有「親

第三章　李登輝總統就職演說（1996 年 5 月 20 日）

愛的父老兄弟姊妹」、「兩千一百三十萬同胞」、「全國同胞」、「中華民國國民」及「所有的人民」。在演說中，李登輝非常一致地將台灣人民與他自己化歸為共同為台灣打拚的「生命共同體」中，並以「我們」二字稱呼之。由於李的民選總統身份，是經由台灣公民選舉產生，因此，李在演說中以「我們」一詞使自己與台灣人民產生連結，符合民選總統就職演說的法理情境。此外，從頭到尾，李對於台灣人民這個角色的敘事，都很一致放在「民主改革的成就者」與「總統打拚夥伴」的情節中。例如，李登輝在演講中說，

> 今天最應該接受喝采的是每一位中華民國的國民。
> 兩千一百三十萬同胞，正式邁進主權在民的新時代。
> 我們已經成功地站上民主興革的高峰。
> 從此，統治國家的權力，屬於人民全體。
> 一切的榮耀，歸於所有的人民。
> 在這個歷史的新起點，我們要以新的決心、新的作為，展開新的時代。
> 如何讓這塊土地更美麗，讓生活在這裡的人民更安全、更和諧、更幸福，是兩千一百三十萬同胞的共同責任。

第二個角色，是國民黨之外的其他政黨或意見領袖。在「生命共同體」的大架構內，將在野政黨及其他意見領袖置入可與總

第一節　內在一致性

統共同打拼的敘事情節中,是合理的敘事安排。談到這類角色時,李登輝說,

> 影響國家發展深遠的重大政策,不是由一個人或一個政黨就可以決定。因此,登輝將盡快責成政府,針對國家未來發展的重要課題,廣邀各界領袖與代表,共商大計,建立共識,開創國家新局。

不同黨派能夠為了民眾福祉,共同攜手奮進。

第三個角色,是國際人士。在李登輝的就職演說中,這類角色包括在現場聆聽演說的外籍人士,即李在演說一開始問候的「友邦元首、各位特使、外交團的各位使節」,以及被李泛稱的「國際社會」。在演說的敘事安排中,這類角色非常支持台灣的民主改革,因為,李在演講中指出,

> 在新的國際秩序中,講求民主、尊重人權、崇尚和平、拋棄武力是共同遵守的信條,這與我們的立國精神,正相一致。

如果說李登輝的這場就職演說,最主要的目的,是鞏固台灣總統選舉由國民大會間接選舉改為直接民選的正當性,那麼,在演講敘事中,放入支持這項改變的國際人士角色,當然是一種增強演說主題內在一致性的敘事策略。

第四個出現於這場演說中的角色,是海外華僑。和前面三類角色一樣,這個角色在演講敘事中的行動,也是李登輝在台

第三章　李登輝總統就職演說（1996年5月20日）

灣民主改革的支持者與合作伙伴。李在演講中說，

> 我們全心全力在台灣建設中華民國的同時，也不會忘記海外的中國人。我們將盡全力，繼續協助華僑在海外的發展。而港澳地區同胞的生活福祉，更是我們關懷的重點。我們將隨時伸出相互扶持的手，共同維護此一地區的民主、自由、繁榮。

第五個角色，也是很微妙的一個角色，就是大陸人民。前面說過，李登輝在演講敘事中，嘗試說明，台灣的民主發展，與他主張兩岸統一的立場，具有內在一致性，只是在尋求統一的過程中，以台灣做為「新中原」而已。因為支持統一，李登輝自然在闡述施政理想時，不能排除大陸人民於他的願景框架之外，否則，就和他在演說中表示的反對台獨立場，出現內在不一致的矛盾。對於大陸人民，李在演說中以「同胞手足」稱呼之，並認為在他的努力下，大陸人民可以跟台灣人民一樣，成為他的合作伙伴，因為，李指出，

> 海峽兩岸沒有民族與文化認同問題。

同樣是中華民族的一份子，在台灣做得到的，大陸也可以做到。因此，我們願意以建設的經驗，導引中國大陸的發展方向，以進步的成果，協助億萬同胞改善生活福祉，進而集合兩岸中國人之力，共謀中華民族的繁榮與發展。

在演說中出現的第六個角色，就是中共。前面提過，中共

第一節　內在一致性

因為李登輝總統於 1995 年夏季訪美發表演講時，多次提及「中華民國」及「台灣經驗」而對美國及李強烈不滿，並立刻於 1995 年 7 月及 1996 年 3 月，兩度在台灣周邊海域進行飛彈試射演習。李登輝於 1996 年當選中華民國首任民選總統後，會在就職演說中如何回應中共的不滿；在他勾勒的未來兩岸政策敘事中，又要如何設定中共這個角色，以及如何表達對這個角色的期待，才能和他之前表達的追求兩岸統一立場維持一致性，自然是值得關注的問題。

李在演說中設定的中共角色，可以說是「目前對台灣方面不滿，但未來仍然可以合作共創兩岸人民幸福」的一種角色。這種設定，和前述的五種演說中的角色，有著「大家其實可以一齊合作、打拼」的內在一致性。李在演說中直言，

由於中共始終無視於中華民國在台澎金馬地區存在的事實，致使海峽兩岸關係的發展，時生波折。

又說，

去年以來，為了反對民主，中共對登輝個人發動一波又一波欲加之罪、何患無辭的誣衊」。為了影響我們第一次民選總統的選情，中共進行一次又一次的軍事演習。

對於中共的不滿與武力威嚇，李登輝在演說中表達了「仍然可以合作」的敘事；對兩岸未來可能發生的故事，做了比較正

第三章　李登輝總統就職演說（1996年5月20日）

面、樂觀的敘事。李在演說中表示，

我們無時不以積極主動的作為，務實雙贏的思考，發展兩岸關係，推進國家統一大業。

登輝忍辱負重，不予理會，因為以其人之道還治其人，解決不了累積五十年的歷史問題。

我們深信，和平寬容是化解對立仇恨的唯一手段。

我們主張，只有透過對談溝通，才能真正解決海峽兩岸的問題。

進行對談溝通，化異求同，才能真正解決國家統一的問題，謀求中華民族的共同福祉。

海峽兩岸，都應該正視處理結束敵對狀態這項重大問題，以便為追求國家統一的歷史大業，作出關鍵性的貢獻。

同樣是中華民族的一份子，在中國大陸也可以做到。因此，我們願意以建設的經驗，導引中國大陸發展的方向，以進步的成果，協助億萬同胞改善生活福祉，進而集合兩岸中國人之力，共謀中華民族的繁榮與發展。

李在演說中甚至表示，

在未來，只要國家需要，人民支持，登輝願意帶著兩千一百三十萬同胞的共識與意志，訪問中國大陸，從事和平之旅。同時，為了打開海峽兩岸溝通、合作的新紀元，為了確保亞太地

區的和平、安定、繁榮,登輝也願意與中共最高領導當局見面,直接交換意見。

上述敘事充分顯露,在李關於兩岸關係的敘事中,將中共這個角色,設定為為了追求兩岸統一,可以溝通、合作的對象,而非無可化解仇恨的敵人。這樣的角色界定,將中共納入了演說中所有主要角色都可以跟李合作的內在一致性框架中。

第二節　敘事真實感

完成對一致性的檢驗後,接著來看李登輝這篇就職演說中,敘事的真實感(narrative fidelity)如何。

首先,李登輝能成為台灣首位民選總統,是多數台灣公民投票所致。因此,在李的就職演說開頭,李說,

今天,兩千一百三十萬同胞,正式邁進主權在民的新時代。

我們已經成功地站上民主興革的高峰。

我們已經清楚地證明中國人有能力施行民主制度,運用民主政治。

我們已經有效地擴大了國際民主陣營的力量,對全人類的自由民主,做出了積極的貢獻。

這些關於台灣民主進展故事的敘事,至少對投票支持李登

第三章　李登輝總統就職演說（1996年5月20日）

輝的民眾而言，是具有真實感、符合實際經驗的敘事內容。

其次，李登輝就任台灣首位民選總統之前，台灣遭遇中共對台兩度飛彈試射軍演。李在就職演說中提及此事。他說，

為了影響我們第一次民選總統的選情，中共進行一次又一次的軍事演習，但是我們表現了無比的自制。

大家面臨強權的威脅，如此鎮靜，毫不屈服。

由於台灣各大新聞媒體對這兩次的中共軍演，都曾顯著報導。因此，李在演說中提到的中共對台武嚇，對這篇演說的聽者而言，應該也是有真實感的敘事。

至於說李登輝在演說中，對於台灣未來在內政、外交及兩岸等方面會發生哪些故事的敘事，在本質上，其實是他個人在這些工作上的承諾與自我期許，李在表達有關國家發展的承諾時，有隱約提到台灣當時需要改革的若干問題；但他個人認為應興應革之處，是否符合演說聽者當時的生活經驗而聽起來有真實感，則很難判斷，畢竟，李在演說中，並沒有具體指出，民眾是如何認定，政府的哪些政策作為非改不可。

李登輝在演說中，首先對政治改革提出承諾。他說，

我們必須推動第二階段的憲政改革，澄清選舉文化，強化廉能政府，改善社會治安，調整政治生態，落實政黨政治，以確保民主政治的穩定與發展。

第二節　敘事真實感

在經濟層面，李認為，

必須依據既定時程，如期發展台灣成為亞太營運中心，並且同步規劃推動跨世紀的國家建設，盡速營造自由化與國際化的經濟體系，建設低稅負、無障礙的企業投資環境，改革土地制度，壯大中小企業，提升國家競爭力，以迎向互利共榮的亞太新世紀，成為國際繁榮發展不可或缺的重要伙伴。

關於司法改革，李登輝表示，

要站在人民的立場，落實司法審判的公平，真正做到法律之前，人人平等。

如果司法審判不能受到人民充分的信賴，民主政治勢必受到嚴重的斲傷。

談到教育改革，李承諾要

導引新生的一代，認識自己的鄉土，熱愛自己的國家，培養寬廣的國際視野，以在競爭日益激烈的地球村中，順利迎接國際挑戰，開拓國家光明前景。

另外，李在演說中也提到要

從永續發展的觀點，提倡節約簡樸。珍惜現有資源，妥善規劃國土利用，加強生態環境保育。

加強關懷照顧弱勢團體，並依據財政負擔的能力，循序建立均衡公平、可長可久的社會安全制度。

第三章　李登輝總統就職演說（1996 年 5 月 20 日）

對於外交與僑務工作，李承諾要

盡全力，繼續協助華僑在海外的發展。

秉持善意，依循互利的原則，繼續推動務實外交。

至於如何處理兩岸關係，前面提過，李在演說中強調不搞台獨、追求統一的立場。李也表示願意與中共溝通、談判、交流，甚至親自訪問大陸。從剛才引述的諸多施政承諾來看，到底有多少承諾源於民眾的改革需求，李登輝沒有在演說中提供任何數據或例證，因此，這些承諾對聽者而言，是否具有真實感，其實無法從敘事中來論斷。畢竟，施政承諾是主政者希望未來會發生的故事，未必跟聽者已有的生活經驗或可以檢驗的客觀事實有關聯。所以，總統如果沒有較具體地說明，改革的承諾植基於人民的哪種痛苦經驗之上，勢必減低改革承諾的真實感。

第三節　道德或情感訴求

從本書第二章的文獻檢閱中可知，總統或國家領導人在演說時，為了增加說服效果，往往會在演說敘事中，提出情感或道德訴求，以爭取人民對總統的認同。

剛才說到，李登輝在台灣首位民選總統的就職演說中，提出許多對未來的施政承諾。雖然從相關敘事本身來看，未必具

第三節　道德或情感訴求

有真實感；但如果將這些承諾視為一種道德訴求，則仍可能引發聽者的認同。首先，「改革」二字，就帶有道德訴求的性質，那意謂著將不好的改變為好的，這當然符合民眾的基本價值觀。

所以，一開始，李登輝就在演說中界定，台灣舉行總統直選，是一種「民主興革」，是「兩千一百三十萬同胞追求民主的共同勝利」！「是為了人類最基本價值——自由與尊嚴，在台澎金馬獲得肯定而歡呼」。是「真正的革故鼎新」。同時，對於修憲，李也認為是一種「憲政改革」。

談到內政問題，李登輝也從「革新」的角度展開敘事。如此，各項內政革新，在李的敘事中，至少就有了道德上的價值。在講到司法改革時，李說，

司法改革也絕對不輕忽任何基本人權，包括受刑人及涉訟人在內，均應得到完整的尊重。對於審檢體系的清廉與效率，更要痛下決心，具體改善。

關於教育方面的施政承諾，李表示要

實踐快樂、滿足、多元，相互尊重的教育理念，以啟發潛能、尊重人本、發展個性、鼓勵創造為目標，解除不合理的束縛，建立終身學習的制度，讓個人創意與特性有充分發揮的空間，不斷追求自我的成長與實現。

這些承諾，在李的敘事中，也都是教育「改革」。可以這麼

第三章　李登輝總統就職演說（1996年5月20日）

說，李登輝在當選台灣首任民選總統後，不但將他的勝選，說成是台灣民主「改革」的成就，也將其施政承諾，都冠上「改革」的道德光環，以增加演說內容的說服力，這是李在暢談施政願景時的語藝策略。

除了強調改革的道德訴求，在演說中，可以明顯看到，李登輝也試圖對這項演說的潛在聽者，即本章第一節中提到的，李在演說中納入的多種角色，提出了情感訴求。

關於情感訴求，李登輝使用的第一種語藝策略，是拉近自己與演講敘事中其他角色的距離感。例如，稱呼台灣人民為「同胞」或「親愛的父老兄弟姊妹」。這樣的稱呼，減低了統治與被統治者之間的距離感。另外，李在演講中使用「我們」二字達48次之多，這也是用以減低總統與平民間心理距離的語藝策略。除了一般百姓，李在演說中也試圖拉近他與在野黨或其他意見領袖間的距離。為此，他說：「重大政策，不是由一個人或一個政黨就可以決定」，因此要「廣邀各界意見領袖與代表，共商大計，建立共識，開創國家新局」。

此外，對於大陸人民，李登輝在演說中，也提出了情感訴求。他在演說中稱對岸人民為「同胞手足」，「同樣是中華民族的一份子」。還表示：「海峽兩岸沒有民族與文化認同問題」。「海峽雙方都應致力結束歷史的悲劇，開創中國人幫中國人的新局」。

第三節　道德或情感訴求

　　最後，除了拉近敘事者與聽者間的心理距離，李登輝對聽者的情感訴求，也表現在演說中，單獨將聽者，或是將聽者與李自己共同標舉為英雄人物。這是能夠引起聽者正面情感反應的語藝策略。例如，李談到總統直接民選的民主改革時說，

　　民主的大門已經全然開啟，民主的活力正沛然奔放。今天最應該接受喝采的是每一位中華民國的國民。

　　喝采大家思考國家的未來，如此果斷，毫不猶豫。

　　喝采大家捍衛民主的決心，如此堅定，毫不動搖。

　　喝采大家面臨強權的威脅，如此鎮靜，毫不屈服。

　　主權在民的完全落實，是真正的順乎天，應乎人，真正的革故鼎新。一切的榮耀，歸於所有的人民。

　　這些句子，都是在敘述台灣人民的英雄事蹟。

　　談到包括總統與人民在內的共同英雄故事，李在演說中說，

　　我們已經成功地站上民主興革的高峰。

　　我們已經清楚地證明，中國人有能力施行民主制度。

　　我們已經有效地擴大了國際民主陣營的力量。

　　第一次由人民直選總統，更讓我們確立了以台灣為主體的奮鬥意識。

　　登輝認為，政府決策階層的工作，也要不分黨派，不分族

群,延攬各界品德良好,能力卓越,見識宏遠,經驗豐富的人才,來擴大參與。

此外,如前面所引述,關於經濟發展、司法及教育改革等工作,李登輝也都表示是「我們」要共同完成、可以增進人民福祉的任務,而非總統個人將要建功立業的英雄作為。即使在演講結尾中,李清楚提到他個人需要承擔的責任,他仍然表示「也懇求全國同胞真誠、無私、寬容地支持」。在這裡,李的語藝策略非常明顯。這雖然是他個人的總統就職演說,但為了挑起聽者的正面情感反應,他在演說中講的台灣故事裡,不是只有他一位英雄;而是把所有聽者都按上了共同英雄的角色。

第四節　本章小結

從李登輝發表的台灣首位民選總統就職演說中可以看出,他希望經由這篇演說稿,處理三個主要問題,以說服台灣人民、中共、海外華人及國際人士,他的就職,具有重大、正面政治意義,他會以諸多改革措施,為台灣帶來新氣象,同時,他反對台獨、追求兩岸統一的立場不變,甚至願意跟中共領導人面對面溝通,解決兩岸衝突。尤其在李發表演說前,中共為表達對他的不滿,而兩度在台灣周邊舉行軍演後,如何降低台海緊張局勢,穩定兩岸關係,是李在就職演說中,需要特別處

第四節　本章小結

理的議題。

　　以 Fisher（1984; 1987）所提敘事批評的檢驗指標來看，在演說內容的敘事一致性方面，李登輝以民主的價值，界定他當選總統的意義，並以此做為必須進行內政改革的主要理由，甚至是尋求兩岸統一的基本原則，在敘事主題上，具有內在一致性。演說敘事中涉及的主要角色，也被李相當一致地設定為可以與他共同深化民主的合作夥伴。

　　其次，在敘事真實感方面，除了投票選總統及遭遇中共軍演，對聆聽演說的台灣人民有真實感外，李在陳述要完成的諸項改革時，並未較具體地指出，台灣人民在進行改革前，遭遇哪些生活上的困難。究其原因，可能是因為從蔣經國總統在 1988 年去世後，到台灣於 1996 年舉行總統直接民選前，李登輝一直都是中華民國總統，所以，他在當選民選總統的就職演說中，自然不會詳述在 1996 年之前的那一段總統任期內，在施政上曾出現哪些嚴重問題。

　　最後，在道德或情感訴求上，李登輝在演說中使用的語藝策略，是大加讚揚台灣人民接受總統直接民選制度，並且用「手足同胞」或多次在演說中出現的「我們」一詞，來拉近聽者與李這位總統敘事者間的心理距離，以及聽者與總統將成為共同英雄，創造改革成果的正面情感反應。當然，倡言改革，符合一般人的基本政治價值認定，是具有道德意義的敘事模式。此

第三章　李登輝總統就職演說（1996 年 5 月 20 日）

外，李在演說中指出，兩岸人民同為可以互相幫助的中國人，沒有民族認同問題，以及他願意與中共領導人會面，商談統一與解決兩岸紛爭，也是希望藉此減低對岸敵意、創造正面情感反應的語藝策略。至少，李在演說中不止一次表明願意追求兩岸統一，是符合對岸政治價值觀的表述方式。

　　所以，總的來說，李登輝在這篇就職演說中講述的台灣故事，具有內在一致性、部份真實感，兼具道德或情感訴求。從敘事批評的角度來看，是具有「敘事理性」（narrative rationality）的一次總統演講。在下一章裡，筆者要接著分析陳水扁，這位台灣第二位民選總統的首任總統就職演說內容。

第四章
陳水扁總統就職演說（2000年5月20日）

　　陳水扁是台灣第二位民選總統，也是民進黨第一位當選中華民國總統的政治人物。同時，這也是中華民國政府於1949年遷到台灣後的首次政黨輪替執政，由民進黨取代國民黨，成為台灣的執政黨。

　　由於陳水扁的前任李登輝總統是台籍人士，因此，陳當選總統，已不能說是台籍人士在台灣首次登上總統大位。不過，李在政壇崛起，主要依靠蔣經國總統提拔；陳水扁的政治生涯，則是一直靠在地方及中央公職選舉中獲勝，逐漸累積聲望。因此，從這一層意義上而言，陳當選總統，似乎比李當選台灣首位民選總統，更像是台灣民主發展過程中的一個傳奇故事。

　　然而，由於民進黨在1991年通過台獨黨綱，主張經由公民投票實現台灣獨立建國；1999年又通過台灣前途決議文，主張中華民國領土不包括中國大陸而僅有台澎金馬。因此，民進黨籍的陳水扁當選中華民國總統，是否會推動台獨建國，難免成為備受關注的政治議題。再加上李登輝總統在1999年提出台灣與大陸

第四章　陳水扁總統就職演說（2000 年 5 月 20 日）

為特殊國與國關係的所謂「兩國論」，立刻使兩岸關係趨於緊張狀態。值此之際，陳水扁會在其首次當選總統的就職演說中，用什麼樣的語藝策略，表達他的兩岸政策理念，自然是重中之重。

此外，由於陳水扁在總統大選中，只獲得百分之 39 的得票率，他在就職演說中，又會如何說服超過半數不支持他的台灣人民相信，他在未來四年的施政，能增進人民福祉，也是值得分析的問題。一位政治人物當選總統後，卻要面對來自海內外的如此關注與質疑，他在總統就職演說中，會不會特別講究敘事策略的運用，是本章以下各節的分析與批評重點所在。

第一節　內在一致性

首先，還是要先檢驗陳水扁就職演說中的敘事，在一致性方面的表現如何。

陳水扁在演說中講的第一個故事，和李登輝在 1996 年總統就職演說中首先提到的故事一樣，都是從總統直接民選中彰顯的民主改革成就，特別是台灣經由總統選舉而造成首次政黨輪替執政的意義。

陳水扁在演講一開始就表示，

感謝遠道而來的各位嘉賓，以及全世界熱愛民主、關心台灣的朋友，與我們一起分享此刻的榮耀。

第一節　內在一致性

在二十一世紀來臨的前夕，台灣人民用民主的選票完成了歷史性的政黨輪替。這不僅是中華民國歷史上的第一次，更是全球華人社會劃時代的里程碑。台灣不只為亞洲的民主經驗樹立了新的典範，也為全世界第三波的民主浪潮增添了一個感人的例證。

細讀演講內容後可以發現，讚美台灣這個首次政黨輪替的民主故事，幾乎佔了全篇內容的前三分之一。例如，陳水扁說，

中華民國第十任總統的選舉過程讓全世界清楚的看到，自由民主的果實如此得來不易。兩千三百萬人民以無比堅定的意志，用愛弭平敵意、以希望克服威脅、用信心戰勝了恐懼。

我們用神聖的選票向全世界證明，自由民主是顛撲不滅的普世價值，追求和平更是人類理性的最高目標。

台灣站起來，展現著理性的堅持和民主的信仰。

民主的成果並非憑空而來，而是走過艱難險阻，歷經千辛萬苦才得以實現。如果沒有民主前輩們前仆後繼的無畏犧牲，沒有千萬人民對於自由民主的堅定信仰，我們今天就不可能站在自己親愛的土地上，慶祝這一個屬於全民的光榮盛典。

台灣人民透過民主錘鍊的過程，為我們共同的命運打造了一把全新的鑰匙。

強調總統直接民選的正面價值後，陳水扁在就職演說中開始闡述他今後四年的施政方針，也就是在他主政下，對台灣未來將發生的故事，進行敘事，而這一大段故事的敘事，仍然與

第四章　陳水扁總統就職演說（2000年5月20日）

前一段故事的敘事，保持「重視民主」這一主題的內在一致性。例如，在內政方面，陳提到「清流共治」，其首要目標是要

掃除黑金、杜絕賄選。

基層選舉買票賄選的文化，不僅剝奪了人民選賢與能、當家作主的權利，更讓台灣的民主發展蒙上污名。

陳水扁對於「民主」這個故事主題的敘事，在談到選舉之外，也從行政管理層面切入，描述在未來，中央政府不再獨攬行政大權，而要借助民間力量，並與地方政府分權治理台灣的願景。他說，

大有為政府的時代已經過去，取而代之的應該是與民間建立夥伴關係的小而能政府。我們應該加速精簡政府的職能與組織，積極擴大民間扮演的角色。如此不僅可以讓民間的活力盡情發揮，也能大幅減輕政府的負擔。

我們要打破過去中央集權又集錢的威權心態，落實地方能做、中央不做的地方自治精神。讓地方與中央政府一起共享資源、一起承擔責任。

人民才是經濟發展與社會進步的原動力。

未來的政府並不一定要繼續扮演過去領導者和管理者的角色。反而應該像民間企業所期待的，政府是支援者和服務者。

新政府首要施政目標應該是順應民意、厲行改革，讓這一

第一節　內在一致性

塊土地上的人民生活得更有尊嚴、更有自信、更有品質。

除了反對中央政府的威權角色，陳水扁對於台灣民主故事的敘事，也提倡重視人民的「生活者權利」，並將諸多內政措施，納入這個寬廣的民主敘事架構中。他說，

> 二十一世紀將是強調生活者權利、精緻化生活的時代。舉凡與人民生活息息相關的治安改善、社會福利、環保生態、國土規劃、垃圾處理、河川整治、交通整頓、社區營造等問題，政府都必須提出一套解決方案，並透過公權力徹底加以落實。

此外，跟李登輝一樣，陳水扁在就職演說中，也提到了司法改革的重要性，並指出，司法的尊嚴，「是民主政治與社會正義的堅強防線」。他說，

> 一個公正、獨立的司法體系不僅是社會秩序的維護者，也是人民權益的捍衛者。目前司法的改革還有一段很長的路要走，國人必須繼續給予司法界嚴格的督促與殷切的期盼，在此同時，我們也應該節制行政權力，還給司法獨立運作、不受干擾的空間。

從以上對陳水扁就職演說內容的引述來看，「鞏固民主」是最主要的敘事主題，諸多施政理念的鋪陳，都圍繞這個敘事主題而展開。陳在演繹民主的意義時，刻意弱化中央政府做為一切施政領導者的角色，反而強調人民力量的重要性，對於教育政策，也說是「藏富於民」的百年大計，並且表示要以民主的決

第四章　陳水扁總統就職演說（2000年5月20日）

策模式，決定未來的教育政策。他表示，

> 教育是藏富於民的百年大計。我們將盡速凝聚朝野、學界與民間的共識，持續推動教改的希望工程，建立健康、積極、活潑、創新的教育體制，使台灣在激烈的國際競爭力之下，源源不斷地培育一流、優秀的人才。讓台灣社會逐漸走向學習型組織和知識型社會，鼓舞人民終身學習、求新求變，充分發揮個人的潛力與創造力。

談到文化建設，陳水扁同樣強調「由下而上的民間活力」。他說，

> 目前在全國各地普遍發展的草根性社區組織，包括對地方歷史、人文、地理、生態的探索和維護，展現了人文台灣由下而上的民間活力。不管是地方文化、庶民文化或者精緻文化，都是台灣整體文化的一部分。台灣因為特殊的歷史與地理緣故，蘊含了最豐美多樣的文化元素，但是文化建設無法一蹴可幾，而是要靠一點一滴的累積。我們必須敞開心胸，包容尊重，讓多元族群與不同地域的文化相互感通，讓立足台灣的本土文化與華人文化、世界文化自然接軌，創造文化台灣、世紀維新的新格局。

就連外交政策，陳水扁也將其置入民主的敘事框架中來表述。除了強化與邦交國的關係，他也強調非官方、民間外交的重要性。他指出，

第一節　內在一致性

　　以今日的民主成就加上經貿科技的實力，中華民國一定可以繼續在國際社會中扮演不可或缺的角色。除了持續加強與友邦的實質外交關係之外，我們更要積極參與各種非政府的國際組織。透過人道關懷、經貿合作與文化交流等各種方式，積極參與國際事務，擴大台灣在國際的生存空間，並且回饋國際社會。

　　在討論外交議題時，陳水扁還花了一些篇幅談到人權問題，並認為這和民主議題的敘事有關。他說，

　　自由、民主、人權的意義和價值都不能被漠視或改變。

　　陳水扁表示，

　　中華民國不能也不會自外於世界人權的潮流，我們將遵守包括世界人權宣言、公民與政治權利國際公約，以及維也納世界人權會議的宣言和行動綱領，將中華民國重新納入國際人權體系。

　　新政府將敦請立法院通過批准國際人權法典，使其國內法化，成為正式的台灣人權法典。我們希望實現聯合國長期所推動的主張，在台灣設立獨立運作的國家人權委員會，並且邀請國際法律人委員會和國際特赦組織這兩個卓越的非政府人權組織，協助我們落實各項人權保護的措施，讓中華民國成為二十一世紀人權的新指標。

　　甚至在談到兩岸政策時，陳水扁也以民主自由，向對岸提出訴求。他表示，

第四章　陳水扁總統就職演說（2000 年 5 月 20 日）

　　威權和武力只能讓人一時屈服，民主自由才是永垂不朽的價值。

　　唯有服膺人民的意志，才能開拓歷史的道路，打造不朽的建築。

　　台灣在半個世紀以來，不僅創造了經濟奇蹟，也締造了民主的政治奇蹟。在此基礎上，兩岸的政府與人民若能多多交流，秉持善意和解、積極合作、永久和平的原則，尊重人民自由意志的選擇，排除不必要的種種障礙，海峽兩岸必能為亞太地區的繁榮與穩定做出重大的貢獻，也必將為全體人類創造更輝煌的東方文明。

　　綜上所述，陳水扁在就職演說中敘述的台灣故事，不管從內政、外交或兩岸的角度切入，都以民主的價值做為論述基礎，維持了敘事的內在一致性。唯一的例外，是他在演講中插入一段台灣在 1999 年，也就是他在當選總統的前一年九月遭遇大地震的救災故事。對 921 大地震的敘事，的確與演講中其他以民主為核心的故事敘事，缺乏主題上的一致性；但震災故事中的英雄角色，卻與演講中民主故事的英雄角色相呼應，同時也是為了挑起聽者的正面道德與情感反應。

　　談到陳水扁就職演說中的角色，包括台灣人民、陳水扁自己與其領導的政府官員、前任總統與民主前輩、國際社會、大陸人民與中共這幾類不同的角色。在陳水扁對台灣故事的敘事

第一節　內在一致性

中,這些角色被整合進一個想像中可以合作、互惠、共榮的民主情節框架中。也因為可以合作、互惠與共榮,而都能成為可被稱頌的英雄。

在演講一開始,陳水扁首先稱頌了台灣人民在台灣民主改革過程中,扮演的英雄角色。他說,

在二十一世紀來臨的前夕,台灣人民用民主的選票完成了歷史性的政黨輪替。

於是讓台灣

不只為亞洲的民主經驗樹立了新典範,也為全世界第三波的民主潮流增添了一個感人的例證。

論及他當選的這次台灣總統選舉,陳水扁說,

兩千三百萬人民以無比堅定的意志,用愛弭平敵意、以希望克服威脅、用信心戰勝了恐懼。

他還表示,

公元 2000 年總統大選的結果,不是個人的勝利或政黨的勝利,而是人民的勝利。台灣人民透過民主錘鍊的過程,為我們共同的命運打造了一把全新的鑰匙。

稱頌台灣人民之外,陳水扁在演講中也提到他自己及新政府的角色,雖然在陳所敘述的台灣未來民主故事中,這一類角

第四章　陳水扁總統就職演說（2000 年 5 月 20 日）

色也是英雄，但並非威權式的英雄，而是輔導或支援人民的英雄。陳水扁在演講中自稱為「台灣之子」，

以一個佃農之子、貧寒的出身，能夠在這一塊土地上奮鬥成長，歷經挫折與考驗，終於贏得人民的信賴。

但他認為，「這樣的成就如此卑微」，而且要「以最嚴肅而謙卑的心情接受全民的付託」。

對於總統帶領下的新政府角色，陳水扁表示，要

把國家和政府的權力交還給人民，政府是為人民而存在的，從國家元首到基層公務員都是全民的公僕。

雖然只是公僕，陳水扁在描述未來四年的台灣故事時，也為公僕將有的英雄行為，做了一番說明。例如，他承諾在組建這個公僕團隊時，會

用人唯才、不分族群、不分性別、不分黨派，未來的各項施政也都必須以全民的福祉為目標。

在陳水扁承諾公僕團隊將達成的英雄使命中，他首先提出了所謂的「清流共治」。他表示，

清流共治的首要目標是要掃除黑金、杜絕賄選。

然後，

讓台灣社會徹底擺脫向下沈淪的力量，讓清流共治向上提

第一節　內在一致性

升,還給人民一個清明的政治環境。

其次,陳水扁強調公僕的英雄角色,並非一切施政帶頭衝鋒,而是扮演「支援者」和「服務者」的角色。他說,

> 大有為政府的時代已經過去,取而代之的應該是與民間建立夥伴關係的小而能政府。

又說,

> 政府不是一切問題的答案,人民才是經濟發展與社會進步的原動力。

> 未來的政府並不一定要繼續扮演過去領導者和管理者的角色,反而應該像民間企業所期待的,政府是支援者和服務者。

> 我們應該節制行政權力,還給司法獨立運作、不受干擾的空間。

陳水扁在演說中提到的第三類英雄角色,是他的前任李登輝總統及台灣民主前輩。他說,

> 李登輝先生過去十二年主政期間所推動的民主改革與卓越政績,也應該獲得國人最高的推崇與衷心的感念。

> 民主的成果並非憑空而來,而是走過艱難險阻、歷經千辛萬苦才得以實現。如果沒有民主前輩們前仆後繼的無畏犧牲、沒有千萬人民對於自由民主的堅定信仰,我們今天就不可能站在自己親愛的土地上,慶祝這一個屬於全民的光榮盛典。

第四章　陳水扁總統就職演說（2000年5月20日）

對於國際社會，陳水扁認為，國際社會在他任期內的台灣故事中，可以扮演協助台灣提升人權的英雄角色。他指出，

國際法律人委員會和國際特赦組織這兩個卓越的非政府人權組織，可以協助我們落實各項人權保護的措施，讓中華民國稱為二十一世紀人權的新指標。

將中華民國重新納入國際人權體系。

最後，陳水扁在演講中描述了他想像中的未來兩岸故事。在這個故事的敘事中，他認為對岸其實可以扮演促進兩岸和平的英雄角色，因為

過去一百多年來，中國曾經遭受帝國主義的侵略，留下難以抹滅的歷史傷痕。台灣的命運更加坎坷，曾經先後受到強權的欺凌和殖民政權的統治。如此相同的歷史遭遇，理應為兩岸人民之間的相互諒解，為共同追求自由、民主、人權的決心，奠下厚實的基礎。

海峽兩岸人民源自於相同的血緣、文化和歷史背景，我們相信雙方的領導人一定有足夠的智慧與創意，秉持民主對等的原則，在既有的基礎之上，以善意營造合作的條件，共同來處理未來一個中國的問題。

兩岸的政府與人民若能多多交流，秉持善意和解、積極合作、永久和平的原則，尊重人民自由意志的選擇，排除不必要的種種障礙，海峽兩岸必能為亞太地區的繁榮與穩定做出重大

的貢獻，也必將為全體人類創造更輝煌的東方文明。

綜上所述，陳水扁在就職演說中提到的主要角色，包括他自己、政府公僕、台灣人民與民間組織、國際社會，乃至海峽對岸，都被陳整合進入一個理想中，或想像中可以相互合作的敘事框架內。也可以說，「可以合作」的想像，使各類角色被賦予了具內在一致性的英雄色彩。然而，陳水扁描述的這個想像中的台灣故事，在真實感方面是否有說服力？這是本章在下一節中要評斷的問題。

第二節　敘事真實感

陳水扁在就職演說中，對他當總統後的台灣故事，做了一番敘事。在上一節中，經過分析後發現，在故事的主題情節鋪陳與故事中的角色行為設定上，基本上維持了相當的內在一致性。然而，故事的真實感，卻是需要檢驗的另一個問題。

首先，陳水扁在演說一開始，就大力稱頌了台灣總統直接民選的正面意義。對於聆聽陳水扁就職演說的台灣人民而言，因為這已經是第二次的總統民選，所以，這一段開場白，自然符合聽者的政治參與經驗。但就台灣首次政黨輪替而言，因為是陳水扁當選總統而造成的政治生態變化，在台灣並無無先例，因此，政黨輪替會不會真如陳水扁在演講中所說，「為亞洲

第四章　陳水扁總統就職演說（2000年5月20日）

的民主經驗樹立了新典範，也為全世界第三波的民主潮流增添了一個感人的例證」，其實只是他個人的價值判斷。當然，聽者中對民主政治的意義稍有理解者，應該不會反對，政黨有輪替執政的機會，確實是民主選舉的一項正面功能；然而，嚴格來說，台灣人民在聆聽陳讚美政黨輪替時，事實上還沒有實際的本土政治體驗。

在演講的中段，陳水扁談到諸多施政方針。這些施政承諾的真實感，可以說是有強有弱。例如，陳水扁談到文化建設時指出，

目前全國各地普遍發展的草根性社區組織，包括對地方歷史、人文、地理、生態的探索和維護，展現了人文台灣由下而上的民間活力。

這是對地方文化建設現況的描述，新聞媒體對此也多有報導，符合台灣人民的生活經驗。此外，陳水扁在演講中表示，未來政府的角色，要從領導者和管理者，轉變為支援者和服務者，而這是「民間企業所期待的」。這樣的說法，至少為政府角色的轉變，提出了一個有所依據的理由，也較有敘事的真實感。

在人權問題方面，陳水扁在演講中提到比較具體的提升台灣人權作法。這部份的敘事，也算是較有真實感。他表示，

我們將遵守包括世界人權宣言、公民與政治權利國際公

第二節　敘事真實感

約,以及維也納世界人權會議的宣言和行動綱領,將中華民國重新納入國際人權體系。

他也說,

新政府將敦請立法院通過批准國際人權法典,使其國內法化,成為正式的台灣人權法典。我們希望實現聯合國長期所推動的主張,在台灣設立獨立運作的國家人權委員會,並且邀請國際法律人委員會和國際特赦組織這兩個卓越的非政府人權組織,協助我們落實各項人權保護的措施,讓中華民國稱為二十一世紀人權的新指標。

陳水扁在演講中提出的其他施政承諾,也就是他對台灣未來故事的某些敘事,聽起來就未必那麼有真實感。例如,陳水扁提出清流共治、杜絕賄選、掃除黑金的承諾。對台灣人民而言,賄選、黑金都不是新鮮的詞彙。陳在演講中也說,「長期以來,台灣社會黑白不分、黑道金權介入政治的情況已經遭致台灣人民的深惡痛絕」。問題是,如果陳所言為真,台灣人民對賄選或黑金的厭惡,是「長期以來」的現象,也是長期存在的經驗或感受,既已經驗過先前其他主政者都解決不了問題,又憑什麼相信陳所領導的新政府能杜絕黑金或賄選?難道只憑陳在演說中承諾,「新政府將以最大的決心來消除賄選、打擊黑金,讓台灣社會徹底擺脫向下沉淪的力量」,就能相信新政府必然可以解決黑金或賄選問題?

第四章　陳水扁總統就職演說（2000年5月20日）

另外，陳水扁對兩岸關係的敘事，也可能欠缺真實感。例如，陳指出，「過去一百年來，中國曾經遭受帝國主義的侵略，留下難以抹滅的歷史傷痕。台灣的命運更加坎坷，曾經先後受到強權的欺凌和殖民政權的統治。如此相同的歷史遭遇，理應為兩岸人民之間的相互諒解，為共同追求自由、民主、人權的決心，奠下厚實的基礎」。如果這段話的訴求對象，不只是台灣人民，也包括中共和大陸人民，那麼，將台灣與中國的百年來遭遇分開敘述，就不符合對岸一直宣稱的台灣是中國的一部份。其次，這段話中的「理應」二字，也說明這是陳水扁的個人推論，跟聽者的實際生活經驗無關。

此外，陳在演講中說，「我們相信雙方的領導人一定有足夠的智慧與創意，秉持民主對等的原則，在既有的基礎上，以善意營造合作的條件，共同來處理未來一個中國的問題」。這段談話的重要性在於，這是陳水扁當選總統後，對中共釋出的善意表態。然而，在真實感方面，卻有三個問題。其一是，兩岸領導人共同處理一個中國的問題，是陳水扁個人「相信」會發生的事情；不是兩岸人民經驗中，已經發生過的場景。所以，談話本身雖然重要，但真實感不足。

其次，李登輝在1996年的總統就職演說中曾表示，只要台灣人民支持，他願意訪問大陸，與中共領導人溝通兩岸問題。然而，從1996年到2000年，兩岸領導人不但並未舉行會談，李

第二節　敘事真實感

於 1999 年提出「兩國論」後，中共更是反應激烈，連番對台文攻武嚇，兩岸關係趨於緊張。在兩岸關係尚未和緩之際，陳水扁說「相信」兩岸領導人可以共同處理一個中國的問題，顯然不符合兩岸人民自 1999 年以來，對兩岸氣氛的實際體驗。第三個問題是，至少對中共而言，「一個中國」是不可動搖的原則；並非如陳水扁所說，是一個可以處理的問題。由於民進黨一向反對中共以「一個中國」做為兩岸互動的前提，陳才會在演說中認定，「一個中國」是兩岸領導人需要處理的問題，但對照中共對一個中國「原則」的堅持，陳的說法顯然並不具有完整的真實感。

提到兩岸問題，陳水扁在演講中還表示，

只要中共無意對台動武，本人保證在任期之內，不會宣佈獨立，不會更改國號，不會推動兩國論入憲，不會推動改變現狀的統獨公投，也沒有廢除國統綱領與國統會的問題。

這一段談話看似對對岸表達善意，但也有真實感不足的問題。首先，稍微了解中共兩岸政策的人都知道，中共從來沒有承諾過不以武力解決所謂台灣問題。因此，陳所說「只要中共無意對台動武」，就與中共絕不承諾不對台動武，有事實上的不符。其次，陳所說的「宣佈獨立」或「更改國號」，都涉及修憲程序，不是總統一言即可決定。所以，所謂的「本人保證」，事實上乃是他無權保證之事；是欠缺真實感的保證。

第四章　陳水扁總統就職演說（2000 年 5 月 20 日）

　　至於說陳水扁在演講中提出的其他施政承諾，例如「打破過去中央集權又集錢的威權心態」，或是「台灣的產業發展必然要走向知識經濟的時代，高科技的產業必須不斷創新，傳統的產業也必然要轉型升級」。「提高行政效能、改善國內的投資環境、維持金融秩序與股市的穩定，讓經濟的發展透過公平的競爭，走向完全的自由化和國際化」。以及「擴大台灣在國際的生存空間」等承諾，在本質上都只是對未來的期許，陳在演講中並未說明較具體的實現承諾方法，在敘事的真實感方面，自然只能是姑妄聽之了。

　　綜合而言，在陳水扁描述的台灣未來故事中，某些敘事出自於台灣人民已有的生活經驗，因此較具有真實感；另一些敘事涉及台灣長期以來都沒有解決的問題，陳在敘事中只是信誓旦旦地表示要解決問題，但其實並沒有在演講中較明確地指出解決沈痾的方法，因此而使這些敘事缺乏真實感。另一些關於施政方向的敘事，也只是空泛的願景描述，完全沒有關於如何實現承諾的說明，同樣有真實感不足的問題。此外，關於兩岸政策，是陳水扁總統就職演說的重點之一。然而，自 1996 年李登輝總統在就職演說中對對岸表達善意，到陳水扁總統在 2000 年發表就職演說時，兩岸的緊張情勢絲毫未見和緩，陳在演說中仍然如李當年發表就職演說時，從應然面呼籲兩岸共同和平、理性溝通解決兩岸問題，這種期待顯然與兩岸人民對台海

緊張情勢的實際理解，有所不同，而使陳的兩岸敘事，真實感不足。至於陳所說「只要中共無意對台動武」，或是兩岸共同處理「一個中國的問題」，顯然與中共一貫堅持的絕不承諾不以武力解決台灣問題，以及「一個中國」是沒有討論空間的基本原則有所不同，因此也是欠缺真實感的兩岸敘事。

除了從內在一致性和真實感檢視陳水扁的就職演說，在下一節中，筆者還將剖析演說內容中，為挑起聽者正面反應而設計的語藝策略。

第三節　道德或情感訴求

跟李登輝一樣，在陳水扁的總統就職演說中，也可以發現一些為了引發聽者正面反應的道德或情感訴求。由於總統的演說，往往需要發揮感召人民的力量，因此，道德或情感取向的敘事，是總統演說中常見的一種語藝策略。

所謂的道德訴求，是指敘事內容符合聽者認同的價值。在陳水扁的就職演說中，最常提到的，就是台灣總統直接民選凸顯的民主成就。民主二字，也是貫穿整場演說的核心主題。如果說這場演講的主要訴求對象是台灣人民，那麼，強調民主，應該符合大多數台灣人民的政治價值。畢竟，台灣在 1996 年已經舉行過總統直接民選，這項制度實施以來，也未見公民對此

第四章　陳水扁總統就職演說（2000年5月20日）

表示集體抗議。到公元 2000 年時，陳水扁已經是第二位經由台灣公民普選而當選的總統，可見，民主政治或總統直接民選所蘊含的以民為主或主權在民的政治價值，已深入台灣民心。就此以觀，陳水扁在就職演說中強調台灣的民主成就，應該是多數聽者可以接受的一項道德訴求。

其次，除了強調民主改革的價值，提升人權、清流共治、杜絕賄選、打擊黑金、司法改革、追求和平、政府官員是人民公僕、中央與地方均衡發展、提昇經濟、科技創新、學習型組織、知識型社會、積極參與國際事務，乃至兩岸拋棄敵意與對立，這些承諾或口號，雖然實現的可能性未必有充分的真實感；但訴求本身，都符合台灣人民的價值觀，所以，就敘事的道德層面來講，是有敘事理性的。換言之，聽者應該不會對這些承諾聽起來就有違和感。

在情感訴求方面，陳水扁也跟李登輝一樣，並沒有在就職演說中太過凸顯自己的總統身份，而是常用「我們」二字，將自己和主要聽者的台灣人民包裹成一個「集體英雄」的角色。例如，陳水扁在演講開頭中說，

與我們一起分享此刻的榮耀。

我們今天在這裡，不只是為了慶祝一個就職典禮，而是為了見證得來不易的民主價值，見證一個新時代的開始。

第三節　道德或情感訴求

　　我們用神聖的選票向全世界證明，自由民主是顛仆不滅的價值。

　　我們在舉世注目的焦點中，一起超越了恐懼、威脅和壓迫，勇敢的站起來。

　　總計在這場演講中，陳水扁使用了 42 次「我們」一詞，每次的使用，都是一種拉近總統與人民心理距離的語藝策略。策略的目的，是暗示總統不會獨擅專權，而會與人民共同奮鬥；此外，在談到施政承諾時，常用「我們」做行動主詞，也暗示承諾若實現，總統不會獨攬其功，而是總統與人民俱為改造台灣、促成進步的英雄。

　　除了常用「我們」一詞，陳水扁另一項拉近他與人民距離、引發聽者正面情感反應的語藝策略，就是在演講中自稱「阿扁」而非「水扁」。這與政治人物在公眾面前，不帶姓而自稱其名的習慣不同。在演講中，陳水扁說，

　　從三月十八日選舉結果揭曉的那一刻開始，阿扁以最嚴肅而謙卑的心情接受全民的付託，誓言必將竭盡個人的心力、智慧和勇氣，來承擔國家未來的重責大任。

　　全民政府、清流共治是阿扁在選舉期間對人民的承諾，也是台灣社會未來要跨越斷層、向上提升的重要關鍵。

　　阿扁永遠以身為民主進步黨的黨員為榮，但是從宣誓就職的這一刻開始，個人將以全部的心力做好全民總統的角色。

第四章　陳水扁總統就職演說（2000 年 5 月 20 日）

　　阿扁願意在此承諾，新政府將以最大的決心來消除賄選，打擊黑金。

　　其實，陳水扁當選總統前，不管在台北市議員或立法委員任期中，都常常在公眾面前自稱「阿扁」；但是當選了總統，成為一國之尊，仍然自稱阿扁，當然不能只從「習慣如此」來解釋其自稱之道，而應該視其為刻意拉近與人民的心理距離，顯現親民作派的語藝風格。

　　此外，以「阿扁」自稱，也有凸顯自己來自基層，了解民生疾苦的語藝目的。在演說結尾，陳水扁說了一段明顯是為爭取聽者認同，挑起聽者正面情感反應的話。他說，

　　今天，阿扁以一個佃農之子、貧寒的出身，能夠在這一塊土地上奮鬥成長，歷經挫折與考驗，終於贏得人民的信賴，承擔起領導國家的重責大任。個人的成就如此卑微，但其中隱含的寓意卻彌足可貴。因為，每一位福爾摩沙的子民都和阿扁一樣，都是台灣之子。不論在多麼艱困的環境中，台灣都像至愛無私的母親，從不間斷的賜予我們機會，帶領我們實現美好的夢想。

　　除了以自稱「阿扁」來增強聽者對總統的認同感，在陳水扁的就職演說中，還穿插了一段跟民主改革這個演說主題沒有直接關聯，有關台灣在 1999 年遭遇的 921 大地震的談話。這段關於救災的敘事，也是為了促動聽者的正面情感反應。他說，

去年發生的九二一大地震，讓我們心愛的土地和同胞歷經前所未有的浩劫，傷痛之深至今未能癒合。新政府對於災區的重建工作刻不容緩，包括產業的復甦和心靈的重建，必須做到最後一人的照顧、最後一處的重建完成為止。在此，我們也要對於災後救援與重建過程中，充滿大愛、無私奉獻的所有個人與民間團體，再次表達最高的敬意。在大自然的惡力中，我們看到了台灣最美的慈悲、最強的信念、最大的信任！九二一震災讓台灣同胞受傷跌倒，但是在志工台灣的精神中，台灣新家庭一定會重新堅強的站起來！

由於陳水扁當選總統時，僅僅距離921地震發生還不到一年，在就職演說中特別提到災後重建時，台灣人民人溺己溺的英雄表現，具有情感訴求的即時性，是增強整篇演說語藝效果的適當表現。

第四節　本章小結

從敘事批評的角度來看，陳水扁的這篇總統就職演說內容，以民主改革做為貫穿全文的核心主題，對應台灣才進行第二次總統直接民選，而且，選舉結果造成台灣首次出現政黨輪替執政，強調民主價值，是符合政治情境的選題策略。就內在一致性而言，除了有關台灣921大地震的敘事與民主改革的敘事主

第四章　陳水扁總統就職演說（2000 年 5 月 20 日）

軸無關外，整篇演說的各分段主題，包括對內政、外交及兩岸工作的各項施政承諾，都以深化民主做為基調，因而在敘事的一致性方面，有不錯的展現。

然而，在敘事的真實感方面，則是強弱不一。陳水扁在演說中提到提升台灣人權保障，做法具體，聽來有真實感。繼續強化各地社區建設，與人民的生活經驗相符，也較有施政承諾的真實感。然而，關於司法改革，李登輝在 1996 年的總統就職演說中，就已經承諾要進行司法改革；四年過去，陳水扁在就職演說中，還在談要司法改革，顯示以總統之尊，未必能促進司改成效，於是，這樣的承諾，就會顯得真實感不足。關於杜絕賄選與打擊黑金，也是台灣存在已久的老問題，從陳的演說中，看不出他有什麼較具體的解決方法，於是也淪為真實感欠缺的施政口號而已。至於提升經濟或發展科技等承諾，在演說中同樣沒有提出較具體方案，也影響了承諾實現的真實感。

關於兩岸政策，由於李登輝總統在 1999 年突然拋出「兩國論」而引發中共強烈負面反應，並再度造成台海局勢緊張，陳水扁會不會在總統就職演說中，提出穩定兩岸關係的敘事，當然是各方關注焦點。跟李登輝一樣，陳水扁也在就職演說中，提出他個人希望兩岸和平溝通的願望。問題是，陳在演說中強調，永遠以身為民進黨黨員為榮，而民進黨的黨綱中，並沒有兩岸統一的政治目標。因此，陳在演說中所提的兩岸政策，能

第四節　本章小結

否獲得中共認可,在真實感上,就讓人質疑。此外,陳水扁在演講中表示,「一個中國」是兩岸要共同處理的問題,但這樣的講法,也欠缺真實感,因為,中共一向堅持,「一個中國」是沒有討論空間的基本原則,並非需要處理的問題。

最後,在道德或情感訴求方面,陳水扁在總統就職演說中強調的民主改革及諸多其他施政承諾,至少對台灣人民而言,符合已有的道德觀或價值認定,剛才說過,承諾落實的真實感,是另一個問題,但承諾本身,沒有道德層面的違和感。此外,在情感訴求方面,陳在演講中常以「我們」一詞,暗示自己及人民為可以促成台灣進步的共同英雄,又以「阿扁」的平民化自稱,爭取聽者對他的認同,再於演講中穿插進一段有關台灣1999年921大地震救災故事的感性敘事,都是能夠挑起聽者正面情感反應的語藝策略。總的來說,這是一次內在一致性頗強、真實感稍差,而又具有道德感,符合台灣人民既有價值觀的總統就職演說。在下一章中,筆者將要針對馬英九在2008年5月20日發表的總統就職演說,提出敘事批評。

第四章　陳水扁總統就職演說（2000 年 5 月 20 日）

第五章
馬英九總統就職演說（2008年5月20日）

　　陳水扁於2008年5月20日卸任總統職務，接任者為馬英九總統，他是台灣自1996年以來，當選的第三位民選總統。陳水扁在第一個總統任期即將結束，競選連任的投票日前一天，發生了所謂的319槍擊總統案。陳水扁在台南掃街拜票時，突遇槍擊，輕微受傷，次日勝選，連任成功。本案偵辦多時，頗為懸疑。

　　陳水扁在第二個總統任期內，於2006年停止了總統府國家統一委員會的運作，當年又被指控涉嫌貪瀆而引發百萬人倒扁的紅衫軍運動。之後，民進黨於2008年台灣舉行總統大選時，推出以台灣民意加入聯合國的「入聯公投」。這些事件，都在台灣引發爭議，中共也認為陳水扁有意推動台獨。就在紛擾的政治情境中，馬英九在2008年的台灣總統大選中獲勝，成為台灣的第三位民選總統，並於2008年5月20日宣誓就職後，發表總統就職演說。

第五章　馬英九總統就職演說（2008年5月20日）

第一節　內在一致性

　　從前面兩章的分析中可以看出來，李登輝在1996年與陳水扁在2000年的總統就職演說，都以台灣民主改革成就，做為整篇演講具有內在一致性的主題，演講中涉及的角色，也都被賦予已經完成，或應該能夠肯定台灣民主改革的英雄形象。

　　然而，在馬英九2008年的總統就職演說中，卻沒有使用單一主題貫穿整篇演講並統和各類角色形象的敘事模式，而是將演講內容切割成有各自獨特意義的三個區塊，再由三大段談話，串連出具較高層次內在一致性的，類似「我的總統使命」的演講主題。這樣的語藝策略，雖然沒有完全忽略人民的角色，但確實是比較凸顯總統在台灣進入新時代中的重要決策功能，而此一語藝策略，似乎在暗示性地指出，李登輝與陳水扁在總統任期內的若干施政承諾，特別是在穩定兩岸關係方面，言行不一的缺失。換言之，馬英九發表的2008年總統就職演說，真正具有內在一致性的主題，不再是台灣已經完成民主改革，而是「民主改革的成功，有賴於選出一位不再讓人民失望的總統」。

　　馬英九總統就職演說的第一大段主題是「二次政黨輪替的意義」。由於這已經是台灣第三次舉行總統直接民選，因此，馬在演講一開始，並沒有像李登輝或陳水扁一樣，歌頌總統民選的

第一節　內在一致性

政治價值,而是直接點出二次政黨輪替的意義。這樣的破題方式,當然是要凸顯經過陳水扁的八年領導後,台灣人民對陳總統及民進黨的不滿,而選擇讓馬英九及國民黨再啟動台灣的民主改革。於是,馬表示,

在過去這一段波折的歲月裡,人民對政府的信賴跌倒谷底,政治操作扭曲了社會的核心價值,人民失去了經濟安全感,台灣的國際支持也收到空前的折損。

他接著說,

值得慶幸的是,跟很多年輕的民主國家相比,我們民主成長的陣痛期並不算長,台灣人民卻能展現日趨成熟的民主風範,在關鍵時刻,作出明確的抉擇:人民選擇政治清廉、經濟開放、族群和諧、兩岸和平與迎向未來。

這兩段話的主體,在字面上顯示的都是台灣人民;但很明顯,馬藉著「人民選擇」這四字的受詞,凸顯出他能夠被人民選擇為總統,是因為人民認為他清廉、主張經濟開放、能夠促進族群和諧,同時,能夠帶來兩岸和平。也許,馬認為以上這些描述,還不夠彰顯他的優質總統特質,於是,他又再補充說,

尤其重要的是,台灣人民一同找回了善良、正直、勤奮、誠信、包容、進取這一些傳統的核心價值。這一段不平凡的民主成長經驗,讓我們獲得了台灣是亞洲和世界的民主燈塔的讚

第五章　馬英九總統就職演說（2008年5月20日）

譽，值得所有台灣人引以為傲，顯然，中華民國已經成為一個受國際社會尊敬的民主國家。

在第一大段結尾，馬英九直言，在他帶領下的台灣，將展現「優質民主」；他承諾不會再出現的現象，其實是暗指了自台灣總統民選以來，李登輝及陳水扁這兩位民選總統的施政缺失，也是馬要進行的民主改革方向。結合前兩段的演講內容，馬是在暗示，優質總統才能實現優質民主；選民看到了他的優質，所以投票支持他當總統。馬指出，

我們要進一步追求民主品質的提升與民主內涵的充實，讓台灣大步邁向「優質的民主」：在憲政主義的原則下，人權獲得保障、法治得到貫徹、司法獨立而公正、公民社會得以蓬勃發展。台灣的民主將不會再有非法監聽、選擇性辦案、以及政治干預媒體或選務機關的現象。這是我們共同的願景，也是我們下一階段民主改革的目標。

充分肯定自身的優質在民主改革中的重要性後，馬英九在演說的第二大段中，以「新時代的任務」做為敘事焦點。在這部份的講話中，馬雖然跟李登輝和陳水扁一樣，在就職演說中，會用「我們」一詞，將總統自己、新政府團隊及台灣人民包裹成將完成各項施政目標的集體英雄，但與李登輝或陳水扁在總統就職演說中敘事風格不大一樣的是，李跟陳不太凸顯個人或新政府的權威領導角色，馬則比較明顯地強調他個人及新政府在

第一節　內在一致性

未來施政中的關鍵作用。例如，他說，

未來新政府最緊迫的任務，就是帶領台灣勇敢地迎接全球化帶來的挑戰。

我們要引導企業立足台灣、聯結亞太、佈局全球。

新政府另外一項重要任務就是導正政治風氣，恢復人民對政府的信賴。

新政府將樹立廉能政治的新典範，嚴格要求官員的清廉與效能。

我希望每一位行使公權力的公僕，都要牢牢記住「權力使人腐化，絕對的權力使人絕對的腐化」這一句著名的警語。

我堅信，中華民國總統最神聖的職責就是守護憲法。

英九由衷的盼望，海峽兩岸能抓住當前難得的歷史機遇，從今天開始，共同開啟和平共榮的歷史新頁。

英九堅信，兩岸問題最終解決的關鍵不在主權爭議，而在生活方式與核心價值。

從以上引述的詞句中可以看出，在闡述未來四年的施政方向時，馬清楚展現了他做為領導者的個人意志。這種比較強勢的表態，以他在演講第一大段中對自身優質特點的肯定為鋪墊，串連出一個優質總統將有優質施政與改革的台灣新故事，也構建出從第一大段到第二大段間的內在一致性。

第五章　馬英九總統就職演說（2008 年 5 月 20 日）

　　馬英九總統就職演說第三大段，也就是最後一部份的主題是「台灣的傳承與願景」。從第一及第二大段延伸到第三大段，馬在敘事中暗示的是，台灣先天條件良好，人民又選出了一位優質總統，因此，台灣未來的前景將會大為美好。這就是馬英九在總統就職演說中，關於台灣故事的敘事主軸，從人民在總統大選中做出優質選擇開始，到台灣因此有美好願景做結尾。在第三大段的演說中，馬談到台灣的良好條件。他表示，

　　台灣這塊土地一直慷慨的接納著先來後到的移民，滋養、庇護著我們，提供我們及後代子孫安身立命的空間，並以高峻的山峰、壯闊的大海，充實、淬礪著我們的心靈。我們繼承的種種歷史文化，不但在這片土地上得到延續，更得到擴充與創新，進而開創出豐盛多元的人文風景。

　　地無分南北，人無分老幼，善良、正直、勤奮、誠信、包容、進取這一些傳統的核心價值，不但洋溢在台灣人的生活言行，也早已深植在台灣人的本性裡。這是台灣一切進步力量的泉源，也是台灣精神的真諦。

　　台灣擁有絕佳的地理位置、珍貴的文化資產、深厚的人文素養、日漸成熟的民主、活力創新的企業、多元和諧的社會、活躍海內外的民間組織、遍佈全球的愛鄉僑民，以及來自世界各地的新移民。

　　先天條件良好之外，台灣人民又在 2008 年選擇了馬英九做

第一節　內在一致性

台灣的新總統。關於這一點，馬在第三大段演說中指出，

英九雖然不是在台灣出生，但台灣是我成長的故鄉，是我親人埋骨的所在。我尤其感念台灣社會對我這樣一個戰後新移民的包容之義、栽培之恩與擁抱之情。我義無反顧，別無懸念，只有勇往直前，全力以赴。

英九深知個人已經肩負二千三百萬人民的付託，這是我一生最光榮的職務，也是我一生最重大的責任。

因為台灣先天條件良好；台灣人民又選出馬英九當總統，馬因此承諾會義無反顧、全力以赴後在演講結束前表示，

面對台灣的未來，英九充滿了信心。

所以，綜合來看，馬英九在總統就職演說中採用的敘事策略，就是以他的優質特點為核心，建構出三大段演說內容的內在一致性。馬在演說中暗示，因為他有許多優點，台灣人民選他當總統，又因為新總統有許多優點，所以台灣在馬英九的帶領下，前景美好。

除了馬英九自己及他將領導的新政府團隊，在就職演說的敘事中，還有一些配合的角色，被馬認定為將要一致性地發揮與馬合作的功能。首先，馬談到台灣人民的角色功能有二。其一是選擇馬當總統。他說，

台灣人民卻能展現日趨成熟的民主風範，在關鍵時刻，作

第五章　馬英九總統就職演說（2008年5月20日）

出明確的抉擇。

　　台灣人民一同找回了善良、正直、勤奮、誠信、包容、進取這一些傳統的核心價值。

　　其二是台灣人民的優良特質，是馬施政成功的一大基礎條件。馬指出，

　　地無分南北，人無分老幼，善良、正直、勤奮、誠信、包容、進取這一些傳統的核心價值，不但洋溢在台灣人的生活言行，也早已深植在台灣人的本性裡。這是台灣一切進步力量的泉源，也是「台灣精神」的真諦。

　　台灣的振興不只要靠政府的努力，更要靠人民的力量；需要借重民間的智慧、需要朝野協商合作、需要所有社會成員積極的投入。各位親愛的父老兄弟姊妹們，我們要從此刻開始，捲起袖子，立即行動，打造美麗家園，為子孫奠定百年盛世的基礎。讓我們心連心、手牽手，大家一起來奮鬥。

　　在馬英九台灣故事敘事中的第二個重要配角，也是李登輝及陳水扁在總統就職演說敘事中都列入的角色，是國際社會。也和李跟陳一樣，馬英九在演說敘事中，將國際社會這個角色，編寫成了可以和新政府合作無間的夥伴，與敘事中的其他配角，產生了一致性的功能。談到國際社會，馬表示，

　　我們要讓台灣成為國際社會中受人敬重的成員。我們將以

第一節　內在一致性

「尊嚴、自主、務實、靈活」作為處理對外關係與爭取國際空間的指導原則。中華民國將善盡她國際公民的責任,在維護自由經濟秩序、禁止核子擴散、防制全球暖化、遏阻恐怖活動,以及加強人道援助等全球議題上,承擔我們應負的責任。我們要積極參與亞太區域合作,進一步加強與主要貿易夥伴的經貿關係,全面融入東亞經濟整合,並對東亞的和平與繁榮作出積極貢獻。

我們更要與所有理念相通的國家和衷共濟,擴大合作。

馬還特別提到了台、美關係的重要性。他說,

我們要強化與美國這一位安全盟友及貿易夥伴的合作關係。

當然,跟李登輝及陳水扁一樣,馬英九總統在就職演說中,也提到中國大陸這個角色。也跟他的前任兩位總統一樣,馬在敘事中,將對岸編寫成可以和他共同解決兩岸衝突、創造和平的合作對象。他說,

未來我們也將與大陸就台灣國際空間與兩岸和平協議進行協商。

英九願意在此誠懇的呼籲:兩岸不論在台灣海峽或國際社會,都應該和解休兵,並在國際組織及活動中相互協助、彼此尊重。兩岸人民同屬中華民族,本應各盡所能,齊頭並進,共同貢獻國際社會,而非惡性競爭、虛耗資源。我深信,以世界之大、中華民族智慧之高,台灣與大陸一定可以找到和平共榮之道。

第五章　馬英九總統就職演說（2008 年 5 月 20 日）

綜上所述，在馬英九講述的台灣故事中，他將自己及新政府團隊列為核心主要角色；然後將台灣人民、國際社會及對岸一致性地賦予合作夥伴的搭配角色。而馬將整個故事的合理性，建構在他個人具有許多優質特點的基礎之上。這些優質特點，為馬英九的敘事邏輯提供了所謂的「好的理由」（good reasons）。亦即，因為馬有許多優點，所以台灣人民選他當總統；也因為有這些優點，台灣在他的帶領下，會有美好的未來，這是整篇演說一致性之所在。然而，一篇成功的演講內容，光有內在一致性還不夠，敘事內容也要有真實感才行。因此，在下一節中，筆者要繼續檢視馬在演說中諸多要點的真實感。

第二節　敘事真實感

從前面兩章的分析中可以發現，總統的就職演說，會針對未來的施政，指出方向並做出承諾。然而，這些承諾聽起來像不像是真的可以實現，或聞之不過是空洞口號，甚至承諾本身就跟現實真相有所差距，是需要檢驗的問題。

馬英九在 2008 年的總統就職演說中，也提出若干施政承諾，跟李登輝在 1996 年及陳水扁在 2000 年提出的施政承諾一樣，部份聽起來有真實感，部份則不然。

馬英九在演說的第二大段，即「新時代的任務」中，首先提

第二節　敘事真實感

到新政府的經濟政策,並說這是「最緊迫的任務」。然而,為何「最緊迫」,馬沒有在演說中提出任何事實資料為佐證,只有概括性地描述了全球經濟情勢;在他有關經濟政策的敘事中,有些聽起來也只是口號。例如,他說,

> 未來新政府最緊迫的任務,就是帶領台灣勇敢地迎接全球化帶來的挑戰。當前全球經濟正處於巨變之中,新興國家迅速崛起,我們必須快速提升台灣的國際競爭力,挽回過去流失的機會。當前全球經濟環境的不穩定,將是我們振興經濟必須克服的困難。但是,我們深信,只要我們的戰略正確、決心堅定,我們一定能達成我們的預定目標。

另一段因應全球化挑戰的談話,聽起來也像是在喊口號。他表示,

> 我們在回應全球化挑戰的同時,一定要維護弱勢群體的基本保障與發展的機會,也一定要兼顧台灣與全球生態環境的永續經營。

但是,一段關於經濟開放必要性的敘事,以歷史經驗為根據,聽起來就較具真實感。他指出,

> 台灣是一個海島,開放則興盛、閉鎖則衰敗,這是歷史的鐵律。所以我們要堅持開放、大幅鬆綁、釋放民間的活力、發揮台灣的優勢;我們要引導企業立足台灣、聯結亞太、佈局全球。

第五章　馬英九總統就職演說（2008年5月20日）

談到新政府在教育改革的方向時，同樣出現口號式的承諾。馬英九表示，

我們還要用心培育我們的下一代，讓他們具有健全人格、公民素養、國際視野與終身學習的能力。

但是，關於教育問題，馬講的一句話，對至少部份台灣人民而言，很具有真實感，因為這句話反應出陳水扁總統執政時，對國民教育教科書所謂「去中國化」修改方向所引發的爭議。馬表示，

要排除各種意識形態對教育的不當干擾。

關於政治改革，馬英九在演講中做的承諾，雖然在用字遣詞上，跟李登輝或陳水扁在其總統就職演說中的相關敘事，不盡相同。但聽起來都像是宣示性的空洞承諾。例如，馬指出，

新政府所有的施政都要從全民福祉的高度出來，超越黨派利益，貫徹行政中立，我們要讓政府不再是拖累社會進步的絆腳石，而是領導台灣進步的發動機。

我們將共同努力創造一個尊重人性、崇尚理性、保障多元、和解共生的環境。我們將促進族群以及新舊移民間的和諧，倡導政黨良性競爭，並充分尊重媒體的監督與新聞自由。

不過，關於政治風氣的改革，馬英九說的幾句話，暗示了陳水扁在總統任內因涉嫌貪污而引發的政治風暴，以及人民對

第二節　敘事真實感

政府的不信任感,再加上馬一向具有為官清廉的社會形象,因此,聽起來就較具真實感。馬指出,

新政府另外一項重要任務就是導正政治風氣,恢復人民對政府的信賴。

新政府將樹立廉能政治的新典範,嚴格要求官員的清廉與效能,並重建政商互動規範,防範金權政治的污染。

關於兩岸政策,雖然李登輝及陳水扁在其總統就職演說中,都曾向對岸釋出善意,表示願意和中共以和平方式化解雙方間的緊張關係。但是,李在1999年突然拋出「兩國論」;陳先是在2000年的就職演說中表示,不會廢除國統綱領,但是在卸任前又推動以台灣名義加入聯合國。類此言行前後不一致的表現,都引發中共強烈不滿,兩岸關係也愈趨緊張。因此,馬英九當選總統後,對兩岸政策有何主張,在其就職演說中,會不會提出較能緩和兩岸對立,聽起來又比較可行的兩岸新政策,自然就成為馬在就職演說中的一大重點。在相關敘事中,有一部份涉及對大陸更加自由、民主的期盼,聽起來短期內不大可能實現,真實感較弱。馬表示,

英九堅信,兩岸問題最終解決的關鍵不在主權爭議,而在生活方式與核心價值。我們真誠關心大陸十三億同胞的福祉,由衷盼望中國大陸能繼續走向自由、民主與均富的大道,為兩岸關係的長遠和平發展,創造雙贏的歷史條件。

第五章　馬英九總統就職演說（2008年5月20日）

但在另外兩段談話中，馬明白表示願意在「九二共識、一中各表」及反對台獨的基礎上，增加兩岸和平交流。雖然馬沒有提出兩岸統一的願景，但由於馬明確指出，九二共識也是中共可以接受的兩岸互動基礎，因此，馬英九以九二共識為出發點的兩岸政策論述，聽起來就比較有真實感。馬表示，

我們將以最符合台灣主流民意的「不統、不獨、不武」的理念，在中華民國憲法架構下，維持台灣海峽的現狀。一九九二年，兩岸曾經達成「一中各表」的共識，隨後並完成多次協商，促成兩岸關係順利的發展。英九在此重申，我們今後將繼續在「九二共識」的基礎上，盡早恢復協商，並秉持四月十二日在博鰲論壇中提出的「正視現實，開創未來；擱置爭議，追求雙贏」，尋求共同利益的平衡點。兩岸走向雙贏的起點，是經貿往來與文化交流的全面正常化，我們已經做好協商的準備。希望七月即將開始的週末包機直航與大陸觀光客來台，能讓兩岸關係跨入一個嶄新的時代。

未來我們也將與大陸就台灣國際空間與兩岸和平協議進行協商。台灣要安全、要繁榮、更要尊嚴！唯有台灣在國際上不被孤立，兩岸關係才能夠向前發展。我們注意到胡錦濤先生最近三次有關兩岸關係的談話，分別是三月二十六日與美國布希總統談到「九二共識」、四月十二日在博鰲論壇提出「四個繼續」、以及四月二十九日主張兩岸要「建立互信、擱置爭議、求同存異、共創雙贏」，這些觀點都與我方的理念相當的一致。因此，英九願意

第三節　道德或情感訴求

在此誠懇的呼籲：兩岸不論在台灣海峽或國際社會，都應該和解休兵，並在國際組織及活動中相互協助、彼此尊重。兩岸人民同屬中華民族，本應各盡所能，齊頭並進，共同貢獻國際社會，而非惡性競爭、虛耗資源。我深信，以世界之大、中華民族智慧之高，台灣與大陸一定可以找到和平共榮之道。

所以，整體來看，在馬英九的就職演說中，特別是在新政府的任務部份，若干內政措施較為空洞，口號式的宣示居多，真實感也因此較弱；但在提倡清廉政治方面，對照台灣人民抗議陳水扁總統涉及貪腐的社會運動，馬在演說中強調清廉，就有較強的民意真實感。另外，比較突出的是，馬在演說中關於兩岸政策的論述，提出兩岸可以在九二共識基礎上恢復交流的詳實論據，使馬英九總統的兩岸敘事，具有很強的真實感。

根據 Fisher（1984）的主張，敘事批評不但要觀察敘事內容的一致性與真實感，還要檢驗敘事傳揚的道德觀，看看敘事內容是否符合聽者能夠接受的道德價值。本章因此在下一節中，要繼續分析馬英九在總統就職演說中的道德或情感訴求。

第三節　道德或情感訴求

馬英九在 2008 年發表的總統就職演說中，很明確地標舉出他看重的一些核心價值，筆者認為，馬所重視者，亦為台灣人民

第五章　馬英九總統就職演說（2008年5月20日）

能夠認同的道德標準。例如，馬首先指出，民主政治的一項重要功能，就是當人民認為執政者的言行，不符合人民普遍認可的道德與價值時，能夠經由選舉，讓不受信任的執政黨下台，換在野政黨上台執政。他說，

我們的民主走過了一段顛簸的道路，現在終於有機會邁向成熟的坦途。在過去一段波折的歲月裡，人民對政府的信賴跌倒谷底，政治操作扭曲了社會的核心價值。

台灣人民卻能展現日趨成熟的民主風範，在關鍵時刻，作出明確的抉擇：人民選擇政治清廉、經濟開放、族群和諧、兩岸和平與迎向未來。

其次，馬英九提到民主政治在應然面的一些價值，這也是台灣人民已經熟知的民主規範。例如，馬表示，

中華民國總統最神聖的職責就是守護憲法。在一個年輕的民主國家，遵憲與行憲比修憲更重要。

在憲政主義的原則下，人權獲得保障、法治得到貫徹、司法獨立而公正、公民社會得以蓬勃發展。台灣的民主將不會再有非法監聽、選擇性辦案、以及政治干預媒體或選務機關的現象。

新政府另外一項重要任務就是導正政治風氣，恢復人民對政府的信賴。我們將共同努力創造一個尊重人性、崇尚理性，保障多元、和解共生的環境。我們將促進族群以及新舊移民間的和諧，倡導政黨良性競爭，並充分尊重媒體的監督與新聞自由。

第三節　道德或情感訴求

至於在經濟發展和教育政策方面,馬英九提出的施政方向,也符合一般人的價值觀。談到經濟開放,他說,

台灣是一個海島,開放則興盛、閉鎖則衰敗,這是歷史的鐵律。所以我們要堅持開放、大幅鬆綁、釋放民間的活力、發揮台灣的優勢;我們要引導企業立足台灣、聯結亞太、佈局全球;我們要協助勞工適應快速的科技變遷與產業調整。

關於教育政策,他指出,

我們還要用心培育我們的下一代,讓他們具有健全人格、公民素養、國際視野與終身學習的能力,同時要排除各種意識形態對教育的不當干擾。

在外交及兩岸政策上,馬英九標舉的合作、和平、互惠原則,也是台灣人民早已熟悉的價值。他說,

中華民國將善盡她國際公民的責任,在維護自由經濟秩序、禁止核子擴散、防制全球暖化、遏阻恐怖活動、以及加強人道援助等全球議題上,承擔我們應負的責任。我們要積極參與亞太地區合作,進一步加強與主要貿易夥伴的經貿關係,全面融入東亞經濟整合,並對東亞的和平與繁榮作出積極貢獻。

我們要強化與美國這一位安全盟友及貿易夥伴的合作關係。

英九由衷的盼望,海峽兩岸能抓住當前難得的歷史機遇,從今天開始,共同開啟和平共榮的歷史新頁。

第五章　馬英九總統就職演說（2008年5月20日）

　　未來我們也將與大陸就台灣國際空間與兩岸和平協議進行協商。

　　英九願意在此誠懇的呼籲：兩岸不論在台灣海峽或國際社會，都應該和解休兵，並在國際組織及活動中相互協助、彼此尊重。

　　我深信，以世界之大、中華民族智慧之高，台灣與大陸一定可以找到和平共榮之道。

　　當然，施政方針蘊含的道德或價值觀能為聽者所接受，並不表示對聽者而言，施政承諾在實現的可能性上，也具有真實感，這是兩個不同層面的敘事檢驗標準。不過，純就敘事中的道德感來看，馬在演說中承諾要做的事，與台灣人民已普遍認同的價值觀，應該是能夠契合的。

　　最後，馬是否跟李登輝或陳水扁一樣，在總統就職演說中，也有對聽者的情感訴求呢？

　　首先，跟李和陳一樣，馬在演說中，也使用了「我們」一詞，而不只是用「英九」或「我」這個字，做為施政改革行動的主詞。在整篇演說稿中，馬總計使用「我們」一詞達52次，其目的不但是拉近總統與人民之間的心理距離，也是將人民與總統及新政府並列為未來改革英雄的一種情感取向的語藝策略。

　　其次，由於馬是所謂在台灣的外省人，也不在台灣出生，這與李登輝及陳水扁都生於台灣，是非常不同的出生背景。因

第三節　道德或情感訴求

此，馬英九在總統就職演說中,就不止一次地感謝台灣人民在選擇他當總統時,展現的族群包容心胸；這樣的感謝,當然是為了強化台灣人民在支持他時的那種正面情感反應。馬在演說中指出,

人民選擇政治清廉、經濟開放、族群和諧、兩岸和平與迎向未來。

台灣人民一同找回了善良、正直、勤奮、誠信、包容、進取這一些傳統的核心價值。

英九雖然不是在台灣出生,但台灣是我成長的故鄉,是我親人埋骨的所在。我尤其感念台灣社會對我這樣一個戰後新移民的包容之義、栽培之恩與擁抱之情。我義無反顧,別無懸念,只能勇往直前,全力以赴。

馬在演說中的另一小段敘事,涉及 2008 年 5 月 12 日大陸四川的汶川大地震。這段談話與就職演說的主題沒有直接關聯,其目的應該也是為了引發兩岸人民的正面情感反應。這跟陳水扁在 2000 年發表總統就職演說時提到 1999 年的台灣 921 大地震,是同樣的敘事策略。馬表示,

最近四川發生大地震,災情十分的慘重,台灣人民不分黨派,都表達由衷的關切,並願意提供即時的援助,希望救災工作順利,災民安置與災區重建早日完成。

第五章　馬英九總統就職演說（2008年5月20日）

　　整體而言，在馬英九的總統就職演說中，對他個人特質的暗示，以及在內政、外交及兩岸政策的施政承諾，其中蘊含的道德或價值觀，都符合一般台灣人民早已熟悉並肯定的價值，另一些小段落的敘事，則是為了挑起聽者正面情感反應的語藝策略。

第四節　本章小結

　　馬英九在2008年當選總統後，他對於未來四年的台灣新故事，應該有一番想像。他的總統就職演說，就是這個故事的敘事。

　　跟李登輝或陳水扁一樣，馬英九將他的勝選，做為故事的開場。然而，對於這個開場的意義，三位民選總統強調的重點，並不相同。李登輝強調的是台灣人民終於能夠直接選舉總統的民主意義。陳水扁認為，他能當選總統，表示台灣不但有了總統直接民選，而且終於出現了首次政黨輪替執政。馬英九則是強調，台灣的民主成就，不但是讓人民可以直接選總統，也不僅是政黨有機會輪替執政，更是人民能夠在總統大選中，敢於用選票表達，他們要的是什麼樣的總統。

　　馬在演說中的第一大段就指出，在他參與的台灣2008年總統大選中，人民對總統的選擇標準，是清廉、誠信、勤奮，而

第四節　本章小結

且能創造兩岸和平,而他既然是總統當選人,當然就表示他個人具有那些人民所肯定的特質。

然後,延續這個故事開頭的意義,馬很有自信地表示,他和新政府及眾多支持者所組成的共同英雄團隊,將在內政、外交及兩岸事務等方面,完成各項施政目標。李登輝和陳水扁在就職演說中,也曾將自己和人民列為民主改革的共同英雄;但相對於李或陳的敘事方式,馬英九更凸顯自己在共同英雄團隊中的領航者角色。這裡馬所使用的敘事邏輯是:因為他具有人民信賴的諸多優質特點,所以,在未來的施政中,他一定是扮演領導者的角色,而不會像陳水扁所說,總統及政府官員只是民間力量的協助者或輔導者。也由於自認為具有諸多優點,馬認為他所帶領的台灣,將會具有美好的未來。這個從優質總統到優質施政到優質願景的三大段演說,構成在核心主題與核心角色上具內在一致性的敘事邏輯。

雖然以優質總統為起點而鋪展開來的台灣新故事敘事,具有內在一致性;在敘事的真實感方面,卻是有強有弱。由於李登輝及陳水扁兩位前任民選總統,在處理兩岸事務時,都出現言行不一,中共於是強烈抗議,兩岸關係趨於緊張。因此,馬英九在就職演說中會如何展現有關兩岸政策的論述,便成為備受關注的焦點。

在這方面,馬以兩段論述具體表示,他將以兩岸都可以接

第五章　馬英九總統就職演說（2008年5月20日）

受的九二共識，做為恢復兩岸和平互動的基礎。由於在論述中，馬不僅論及國民黨接受九二共識、一中各表的立場，也援引當時中共領導人胡錦濤對九二共識的肯定，因此，馬英九對兩岸關係將趨於和緩的敘事，就顯得很有真實感。

此外，馬對於台灣政治風氣將更加清廉的敘事，與馬在台灣社會中一直具有清廉形象相映照，也讓這方面的政治改革聽起來有真實感。但對於其他方面的施政承諾，雖然馬以優質總統自會有優質施政的暗示，建構出敘事的內在一致性，但在經濟、教育、司法改革等方面的施政承諾，並未陳述較具體的落實方法，因而流於喊口號式的宣示，敘事的真實感就顯得較為薄弱。

最後，雖然部份敘事內容有欠真實感，但馬在就職演說中呈現的道德感，例如清廉、誠信、改革、包容、和諧與和平。都符合聽者早已接受的價值觀。這樣的敘事方式，也出現於李登輝及陳水扁的總統就職演說中。畢竟，身為台灣的領導者，其講話內容，至少在道德層面不能違反大多數台灣人民的傳統價值觀，否則必然引起非議。

至於在情感訴求方面，跟李登輝與陳水扁一樣，馬英九在總統就職演說中，也常用「我們」一詞，將總統、新政府及台灣人民塑造成將會合作完成施政目標的共同英雄，這當然是拉近總統與人民距離、增強聽者正面情感反應的語藝策略。

第四節　本章小結

　　跟李登輝與陳水扁不同的是，馬英九並非出生於台灣的民選總統。因此，在總統就職演說中，馬特別感謝台灣人民對他這位戰後新移民子弟的肯定與支持。其實，嚴格說來，在馬當選總統前，李登輝總統對台灣住民早已提出「命運共同體」的概念，因此，馬在演說中未必需要強調自己非生於台灣的個人背景。而馬還是提到了這個事實，並且感謝台灣人民對他的包容與接受，當然是為了增進聽者的正面情感反應。同樣是為了引發聽者的正面情感，馬也在演說中特別提到了台灣人民對大陸汶川大地震的救援與關懷。

　　總結以上分析，馬英九在 2008 年發表的總統就職演說，是具有內在一致性的演講。演講內容的真實感，強弱不一，演講涉及的道德感，符合台灣人民的傳統價值觀，部份語句則是為了增加聽者正面情感反應的語藝策略。在下一章中，筆者將要繼續從敘事批評的角度，分析台灣第四位民選的蔡英文總統，在 2016 年 5 月 20 日發表的總統就職演說內容。

第五章　馬英九總統就職演說（2008 年 5 月 20 日）

第六章
蔡英文總統就職演說（2016年5月20日）

　　蔡英文是台灣第四位民選總統，也是中華民國第一位女性總統，她在2016年5月20日發表了就總就職演說。這場演講的重要歷史意義之一在於，這是台灣自1996年開始舉行總統直接民選以來，第三次政黨輪替後的總統首次公開演講。

　　台灣人民曾經因為對民進黨抱有希望，在2000年的總統大選中，支持民進黨籍的陳水扁當選總統；之後因為對陳有所不滿，在2008年將執政權交給馬英九總統，讓國民黨重新執掌大權。然而，國民黨執政八年後，多數台灣人民選擇讓民進黨籍的蔡英文當新總統，這表示多數民意對馬政府或國民黨的施政表現又不滿意，才讓民進黨再度上台執政。

　　那麼，既然自台灣舉行總統民選以來，多數人民對國民黨及民進黨都曾寄以希望後又失望，民進黨籍的蔡英文在總統就職演說中，會用怎樣的敘事方式，來講出她將在總統任期中創造的台灣新故事，好說服聽者相信，民進黨再度執政，不會讓台灣人民再次失望，自然就是極有分析價值的語藝研究課題。

第六章　蔡英文總統就職演說（2016年5月20日）

　　此外，馬英九在八年總統任期內，積極開放兩岸在經貿、交通、觀光、教育、體育、文化等多個層面的交流互動，一方面大幅緩減了兩岸間的緊張關係；另一方面卻也引發部分台灣人民的疑慮，擔心兩岸親密互動，會使台灣喪失所謂的主體性，弱化了台灣人民對中共以一國兩制，甚至最終以武力解決所謂台灣問題的戒心。於是，就在馬政府於2010年與對岸簽訂了「兩岸經濟合作架構協議」（ECFA），並於2014年希望立法院通過「海峽兩岸服務貿易協議」之際，部分台灣青年發起了所謂的太陽花學運，攻佔立法院將近一個月的時間，之後該學運青年又一度侵入行政院。

　　這場學運對馬政府及國民黨造成極大衝擊。支持學運者抨擊馬讓台灣與大陸過於親近；反對學運者也批評馬，認為馬政府過於軟弱，沒有強力排除學運青年造成的立法院運作癱瘓。這種兩頭不討好的作為，嚴重影響了馬及國民黨的民意支持度。對岸對於馬及國民黨未能遏止反對深化兩岸互動的民意，也深感失望。再加上國民黨在2015年為次年即將到來的總統大選舉行黨內初選時，本已選出時任立法院副院長的洪秀柱為國民黨總統候選人，數月後因為洪提出「一中同表」的兩岸論述，在國民黨內及社會上引發爭議。國民黨為減輕壓力，決定陣前換將，改由時任國民黨主席的朱立倫為總統候選人。這次的所謂「換柱」行動，不但影響了國民黨的選情，也讓對岸及國際社會開始懷疑，兩岸

互惠共榮的時代,是否已經因為台灣政情的變化嘎然而止?面對這樣的質疑,以及台灣內部對於兩岸親疏的民意分裂,蔡英文在總統就職演說中,對於兩岸政策會作何表示?兩岸在蔡政府時代能否繼續和平交流?自然成為蔡英文在總統就職演說中的重要話題,也是這場演說的第二個重要的歷史意義。

為了深入了解並評斷蔡英文在總統就職演說中的語藝策略,筆者還是先從整篇演說稿的內在一致性開始分析,隨後再來檢視演說內容的真實感、道德感與情感訴求。

第一節　內在一致性

蔡英文的整篇總統就職演說內容,自始至終,都圍繞在「解決國家困難」的主軸上,並無偏離主題的敘事。所以,可以說這是一篇在主題敘事上具有一致性的演說稿。為了凸顯這個敘事主題,蔡的敘事邏輯便是在演講開始後不久,便先指出台灣在當時已面臨許多問題,因此,她及新政府將扮演的角色,就必然得是「問題解決者」。這裡的語藝策略是,國家面臨的許多問題或困難,正是新政府必須提出各項施政的「好的理由」(good reasons)。蔡指出,

此時此刻,台灣的處境很困難,迫切需要執政者義無反顧的承擔。這一點,我不會忘記。

第六章　蔡英文總統就職演說（2016年5月20日）

　　我們的年金制度，如果不改，就會破產。

　　我們僵化的教育制度，已經逐漸與社會脈動脫節。

　　我們的能源與資源十分有限，我們的經濟缺乏動能，舊的代工模式已經面臨瓶頸，整個國家極需要新的經濟發展模式。

　　我們的人口結構急速老化，長照體系卻尚未健全。

　　我們的人口出生率持續低落，完善的托育制度始終遙遙無期。

　　我們環境污染問題仍然嚴重。

　　我們國家的財政並不樂觀。

　　我們的司法已經失去人民的信任。

　　我們的食品安全問題，困擾著所有家庭。

　　我們的貧富差距越來越嚴重。

　　我們的社會安全網還有很多破洞。

　　在敘事中角色特質的一致性方面，在蔡英文總統的演說中，主要角色包括新總統、新政府團隊、台灣人民、國際社會及中國大陸。蔡將總統角色描述成國家處境的詮釋者、改革措施的領導者，以及國家團結的促動者。其他角色則是可以配合蔡政府完成改革工作的合作夥伴。在蔡英文對台灣故事的敘事中，基於完美的想像，只要接受蔡的領導或建議，所有角色可以共同為台灣的進步與穩定發展貢獻力量。在這樣的故事架構

第一節　內在一致性

中，形塑出出所有角色功能的內在一致性。在演說中，蔡首先指出了她自己的角色功能。她指出，

> 對於一月十六日的選舉結果，我從來沒有其他的解讀方式。人民選擇了新總統、新政府，所期待的就是四個字：解決問題。

> 台灣需要一個正面迎向一切挑戰的新政府，我的責任就是領導這個新政府。

> 總統團結的不只是支持者，總統該團結的是整個國家。

新政府的角色，是與總統共同成為改革措施的領導者。蔡指出，

> 未來我和新政府，將領導這個國家的改革，展現決心，絕不退縮。

在蔡英文的演說中，台灣人民的角色，既是過去政府施政績效不佳的受害者，也是應邀與蔡政府共同完成改革工作的合作夥伴。蔡表示，

> 今天的演說是一個邀請，我要邀請全體國人同胞一起來，扛起這個國家的未來。

> 全體國民的共同奮鬥，才讓這個國家偉大。

> 我們一起來完成新時代交給我們的使命。

關於人民是政府過去施政的受害者，蔡英文指出，

第六章　蔡英文總統就職演說（2016年5月20日）

我們的年輕人處於低薪的處境，他們的人生，動彈不得，對於未來，充滿無奈與茫然。

這些年，幾件關於兒少安全及隨機殺人的事件，都讓整個社會震驚。

我們將會依據調查報告所揭示的真相，來進行後續的轉型正義工作。挖掘真相、彌平傷痕、釐清責任。

新政府會用道歉的態度，來面對原住民族相關議題。

蔡英文也表示，人民的傷痛被新政府處理後，要一起為國家前途而努力。他說，

幫助年輕人突破困境，實現世代正義，把一個更好的國家交到下一個世代手上，這是新政府重大的責任。

新政府會持續和公民社會一起合作。

從此以後，過去的歷史不再是台灣分裂的原因，而是台灣一起往前走的動力。

關於國際社會這個角色，跟三位前任民選總統的設想一樣，在蔡英文描述的台灣新故事中，國際社會將會是與蔡政府合作的國際夥伴。她在演說中表示，

如果將打造經濟發展新模式的努力，透過和亞洲、乃至亞太區域的國家合作，共同形塑未來的發展策略，不但可以為區域的經濟創新、結構調整和永續發展，做出積極的貢獻，更可

第一節　內在一致性

以和區域內的成員,建立緊密的「經濟共同體」意識。

我們會在科技、文化與經貿等各層面,和區域成員廣泛交流合作,尤其是增進與東協、印度的多元關係。

現場有許多來自各國的元首與使節團,我要特別謝謝他們,長久以來一直幫助台灣,讓我們有機會參與國際社會。未來,我們會持續透過官方互動、企業投資與民間合作各種方式,分享台灣發展的經驗,與友邦建立永續的夥伴關係。

我們會繼續深化與包括美國、日本、歐洲在內的友好民主國家的關係,在共同的價值基礎上,推動全方位的合作。

我們會積極參與國際經貿合作及規則制定,堅定維護全球的經濟秩序,並且融入重要的區域經貿體系。

新政府會支持並參與,全球性新興議題的國際合作的,包括人道救援、醫療援助、疾病的防治與研究、反恐合作,以及共同打擊跨國犯罪,讓台灣成為國際社會不可或缺的夥伴。

跟國際社會相比,對於對岸這個角色,蔡英文在演說中其實著墨不多。基本上,她也把中國大陸設想為一個可以跟台灣合作的角色。她表示,

我們也將致力維持兩岸關係的和平穩定。

我們將謹守和平原則、利益共享原則,來處理相關的爭議。

兩岸之間的對話與溝通,我們也將努力維持現有的機制。

第六章　蔡英文總統就職演說（2016年5月20日）

1992年兩岸兩會秉持相互諒解、求同存異的政治思維，進行溝通協商，達成若干的共同認知與諒解，我尊重這個歷史事實。92年之後，20多年來雙方交流、協商所累積形成的現狀與成果。兩岸都應該共同珍惜與維護，並在這個既有的事實與政治基礎上，持續推動兩岸關係和平穩定發展。

兩岸的兩個執政黨應該要放下歷史包袱，展開良性對話，造福兩岸人民。

整體來看，跟李登輝、陳水扁及馬英九三位前任總統一樣，蔡英文在新台灣故事的敘事中，將她所領導的新政府、台灣人民、國際社會及對岸，一致性地描述成可以通力合作，共同為台灣穩定發展的夥伴。因此，在角色功能的設定上，蔡的這篇演說具有相當的一致性。接下來，筆者將要檢視演說內容的真實感、道德感及情感訴求。

第二節　敘事真實感

由於蔡英文在2016年的總統就職演說中，以國家遭遇諸多困難，需要新政府解決問題為主題，因此，蔡總統提出的問題解決方案，是否具有真實感的說服力，應該是檢驗這篇演說中敘事真實感的重點所在。

首先要檢視的是，蔡總統列舉的各項問題，真實感如何？

第二節　敘事真實感

她表示，

> 我們的年金制度，如果不改，就會破產。

關於年金改革，確實是當年的新聞焦點之一。然而，年金制度如果不改，是否真的會破產，其實是個有爭議的議題。而且，此議題還涉及軍公教退撫基金是否管理不當、年金調整可否溯及既往，以及年金調整是否有違反信賴保護原則等問題。因此，蔡總統斷言年金制度如果不改就會破產，並不具有絕對的真實感。

關於教育問題，蔡指出，

> 我們僵化的教育制度，已經逐漸與社會脈動脫節。

對於教育問題的陳述，同樣欠缺真實感。因為，教育制度如何「僵化」；什麼是「與社會脈動脫節」，可謂語焉不詳。

談到經濟問題時，蔡指出，

> 我們的能源與資源十分有限，我們的經濟缺乏動能，舊的代工模式已經面臨瓶頸，整個國家極需要新的經濟發展模式。

台灣的能源與資源有限，這句話的真實性沒有問題；然而，代工模式的瓶頸為何？新的經濟發展模式又是什麼？沒有更明確一點的說明，就是欠缺真實感的敘事。

關於人口問題，蔡英文說，

第六章　蔡英文總統就職演說（2016年5月20日）

　　我們的人口結構急速老化，長照體系卻尚未健全。

　　我們的人口出生率持續低落，完善的托育制度始終遙遙無期。

　　這是比較有真實感的敘事、也符合一般台灣人民的生活經驗。

　　再看蔡總統對其他問題的描述：

　　我們環境污染問題仍然嚴重。

　　我們國家的財政並不樂觀。

　　我們的司法已經失去人民的信任。

　　我們的食品安全問題，困擾著所有家庭。

　　我們的貧富差距越來越嚴重。

　　我們的社會安全網還有很多破洞。

　　我們的年輕人處於低薪的處境，他們的人生，動彈不得，對於未來，充滿無奈與茫然。

　　以上這些問題，雖然蔡總統並沒有說明問題的成因，也沒有對於問題的現況，做較具體的說明，但對於台灣人民而言，這些都是大家早已認知到的老問題，因此，聽起來還算是有真實感。

　　列舉出台灣社會面臨的諸多問題後，蔡英文在演說中開始描述一個關於蔡政府將如何解決問題的故事。解決方案的真實感如何，需要檢驗。

第二節　敘事真實感

首先來看蔡英文如何描述解決年輕人低薪的問題。她說，

年輕人的未來是政府的責任。如果不友善的結構沒有改變，再多個人菁英的出現，都不足以讓整體年輕人的處境變好。我期許自己，在未來的任期之內，要一步一步，從根本的結構來解決這個國家的問題。

這段談話非常空洞。什麼叫做「不友善的結構」？又要如何從「根本的結構」解決問題？因為太抽象，這樣的談話完全沒有真實感。

然後，蔡英文談到所謂的救濟發展新模式。她表示，

新政府將打造一個以創新、就業、分配為核心價值，追求永續發展的新經濟模式。

這段談話的問題是，哪一個政府不以創新、就業、分配為核心價值？此外，蔡英文之前的三位民選總統，都在就職演說中提到過永續發展的觀念，那麼，以上引述的這段話，說是經濟發展的「新模式」，就並不真實。

蔡談到新經濟模式時又指出，

改的第一步，就是強化經濟的活力與自主性，加強和全球及區域的連結，積極參與多邊及雙邊經濟合作及自由貿易談判，包括TPP、RCEP等，並且，推動新南向政策，提升對外經濟的格局及多元性，告別以往過於依賴單一市場的現象。

第六章　蔡英文總統就職演說（2016年5月20日）

　　以上談話，同樣有真實感不足的問題。首先，稍微了解國際政經情勢者都知道，若沒有中共的同意，台灣很難加入RCEP或TPP，這不是蔡政府想要「積極參與」就能達標的任務。其次，新南向政策早在陳水扁總統時代就開始推動，也並非所謂的新經濟模式。

　　另外，蔡還指出，

　　經濟發展的新模式會和國土規劃、區域發展及環境永續，相互結合。

　　對各種污染的控制，我們會嚴格把關，更要讓台灣走向循環經濟的時代，把廢棄物轉換為再生資源。

　　上面這兩段談話，蔡總統說是新經濟模式中的一部份。但實際上，國土規劃並並非新議題，至少在馬政府時代，就曾經討論過相關方案。循環經濟確實是蔡總統上任後的重點工作之一，但在蔡當選總統前的2015年，學者專家已經提出循環經濟的觀念，所以，嚴格說來，也不算是特別新穎的理念。至於說保護環境或控制污染，是政府長期執行的工作，要說是「新經濟模式」，欠缺真實感。

　　在蔡英文的演說中，強化社會安全網，是蔡政府要承擔的另一項重要任務。她表示，

　　新政府要承擔的第二件事情，就是強化台灣的社會安全

第二節　敘事真實感

網。這些年,幾件關於兒少安全及隨機殺人的事件,都讓整個社會震驚。不過,一個政府不能永遠在震驚,它必須要有同理心。

除了同理心之外,政府更應該要提出解決的方法。全力防止悲劇一再發生,從治安、教育、心理健康、社會工作等各個面向,積極把破洞補起來。尤其是治安與反毒的工作,這些事情,新政府會用最嚴肅的態度和行動來面對。

這段談話的問題在於,對於台灣人民而言,強化社會安全網或反毒,早已不是什麼新議題。對於老問題能否提出新而有效的解決方法,才是蔡總統應該說明的重點。如果還是非常抽象地講幾個處理方向,會讓所謂的解決方案聽起來並不真實,比較像是口號式的宣示。

對於年金改革,蔡總統在演說中表示,

在年金的改革方面,這是攸關台灣生存發展的關鍵改革,我們不應該遲疑,也不可以躁進。由陳建仁副總統擔任召集人的年金改革委員會,已經在緊鑼密鼓籌備之中。過去的政府在這個議題上,曾經有過一些努力。但是,缺乏社會的參與。新政府的做法,是發動一個集體協商,因為年金改革必須是一個透過協商來團結所有人的過程。

一年之內,我們會提出可行的改革方案。無論是勞工還是公務員,每一個國民的退休生活都應該得到公平的保障。

第六章　蔡英文總統就職演說（2016年5月20日）

　　蔡總統承諾要成立年金改革委員會，以社會參與的協商方式，在一年內提出改革方案。這個承諾在真實感方面的問題是，蔡政府如何能夠保證，在一年內就可以在協商過程中獲得共識？如果利益關係人跟政府之間無法妥協，能有公平解決方案嗎？此外，蔡總統完全沒有談到，政府之前討論年金問題時引發的諸多爭議，例如年金改革可否溯及既往，以及是否有違信賴保護原則等大家關心的問題，也沒有提到新政府對這些爭議的基本立場。如果說告訴民眾，開會就能解決問題，或是說成立一個委員會就是改革的方式，是不具真實感，也沒有說服力的空洞政治語言。

　　相對於年金改革，蔡總統提出的長照方案，在執行方向上聽起來比較具體。她指出，

　　新政府的做法是由政府主導和規劃，鼓勵民間發揮社區主義的精神，透過社會集體互助的力量，來建構一套妥善而完整的體系。每一個老年人都可以在自己熟悉的社區，安心享受老年生活，每一個家庭的照顧壓力將會減輕。

　　關於轉型正義問題，蔡英文表示，

　　未來，我會在總統府成立真相與和解委員會，用最誠懇與謹慎的態度，來處理過去的歷史。追求轉型正義的目標是在追求社會的真正和解，讓所有台灣人都記取那個時代的錯誤。

第二節　敘事真實感

我們將從真相的調查與整理出發，預計在三年之內，完成台灣自己的轉型正義調查報告書。我們將會依據調查報告所揭示的真相，來進行後續的轉型正義工作。挖掘真相、彌平傷痕、釐清責任。從此以後，過去的歷史不再是台灣分裂的原因，而是台灣一起往前走的動力。

就真實感而言，蔡總統的這段話有兩個問題。首先，所謂「轉型正義」，所指為何？蔡沒有明說。按理說，追求正義，應該理直氣壯；要在總統府內專門設置相關委員會，更表示茲事體大。然而，如此重要的工作，蔡卻不肯明說，所謂轉型正義，所指為何？這樣的敘事方式，難免不讓人懷疑，轉型正義是否別有目的？其次，當蔡總統在演說中將轉型正義列為重點工作時，台灣社會並未發生任何因歷史因素而引發的內部衝突事件，因此，轉型正義是否為蔡政府應處理的重大問題，就顯得缺乏真實感。

接著，蔡總統談到台灣的原住民問題。她表示，

新政府會用道歉的態度，來面對原住民族相關議題，重建原民史觀，逐步推動自治，復育語言文化，提升生活照顧，這就是我要領導新政府推動的改變。

就真實感而言，這段話的問題在於，照顧台灣原住民生活、保護原民語言與文化，是政府持續進行的工作；馬政府時代，行政院也早已通過了原住民族自治法草案。因此，蔡總統的這段談話，會讓人誤以為過去的政府對原住民置之不顧，蔡

第六章　蔡英文總統就職演說（2016年5月20日）

政府才要改變這種狀況，這樣的敘事，顯然與事實不符。

然後，蔡總統談到了過去三位民選總統在就職演說中都提到的司法改革。她說，

> 新政府也會積極推動司法改革。這是現階段台灣人民最關心的議題。司法無法親近人民、不被人民信任、司法無法有效打擊犯罪，以及，司法失去作為正義最後一道防線的功能，是人民普遍的感受。
>
> 為了展現新政府的決心，我們會在今年十月召開司法國是會議，透過人民實際的參與，讓社會力進來，一起推動司法改革。司法必須回應人民的需求，不再只是法律人的司法。司法改革也不只是司法人的家務事，而是全民參與的改革。這就是我對司法改革的期待。

在上述談話中，蔡總統自認已講出人民對司法的「普遍的感受」。既然總統都這麼說了，一般人應該不會反對總統對司法的批評。問題是，自1996年李登輝擔任首位民選總統以來，每一位民選總統在就職演說中都表示要改革司法，這就表示，司法改革何其難哉！如果三位前總統都無法改革司法，蔡總統就能完成這項工作嗎？在談話中，蔡並沒有對司法改革提出任何較具體的改革方案，只說要召開司法國是會議。要說開會就能解決問題，顯然不符合一般人的生活經驗，是不具真實感的敘事方式。

對於外交議題，蔡總統表示，新政府將致力於協助區域和

第二節　敘事真實感

平穩定,並爭取加入區域經濟組織。她說,

全球及區域的經濟穩定和集體安全,也是各國政府越來越關心的課題。

台灣在區域發展當中,一直是不可或缺的關鍵角色。

台灣現階段的經濟發展,和區域中許多國家高度關聯和互補。如果將打造經濟發展新模式的努力,透過和亞洲、乃至亞太區域的國家合作,共同形塑未來的發展策略,不但可以為區域的經濟創新、結構調整和永續發展,做出積極的貢獻,更可以和區域內的成員,建立緊密的「經濟共同體」。

從字面上來看,上述這些談話在理想上都很合理;但在可行性方面,卻因為完全忽略中共對台灣國際活動空間的限制,而顯得非常不具真實感。蔡總統沒有指出台灣無法加入區域經貿組織的根本原因,而空談事實上無法達成的目標,是不真實的虛幻敘事。

最後,對於兩岸政策,蔡總統表示,

我們也願意和對岸,就共同參與區域發展的相關議題,坦誠交換意見,尋求各種合作與協力的可能性。

兩岸之間的對話與溝通,我們也將努力維持現有的機制。1992年兩岸兩會秉持相互諒解、求同存異的政治思維,進行溝通協商,達成若干的共同認知與諒解,我尊重這個歷史事實。

第六章　蔡英文總統就職演說（2016年5月20日）

92年之後，20多年來雙方交流、協商所累積形成的現狀與成果，兩岸都應該共同珍惜與維護，並在這個既有的事實與政治基礎上，持續推動兩岸關係和平穩定發展；新政府會依據中華民國憲法、兩岸人民關係條例及其他相關法律，處理兩岸事務。兩岸的兩個執政黨應該要放下歷史包袱。展開良性對話，造福兩岸人民。

跟陳水扁在就職演說中談兩岸關係時一樣，蔡總統沒有在就職演說中明確表示接受「九二共識、一中各表」。這符合民進黨不接受「一個中國」的一貫立場。問題是，蔡總統提到兩岸有交流、協商的成果，主要是因為馬英九總統接受九二共識所致，這是稍微了解兩岸互動歷史者都知道的事實。基於中共對九二共識的堅持，蔡總統既不表態接受「九二共識、一中各表」，又希望中共與民進黨能展開良性對話，是忽視中共立場，不具真實感的兩岸關係敘事。

整體而言，蔡總統在就職演說中揭示的新政府任務，除了長照部分有提到比較具體的執行方式，其他方面或失之抽象、或只是延續舊政府時代的過往施政或理念、或完全忽視中共對台灣參與國際組織的杯葛，也不提九二共識對兩岸和平交流的基礎作用，於是造成蔡總統對台灣新故事的敘事，在真實感方面，甚為欠缺。在下一節中，筆者要繼續檢視蔡英文在總統就職演說中的道德感與情感訴求。

第三節　道德或情感訴求

蔡英文當選總統後,她在一國領袖的角色期待上,最基本的道德要求,就是完成各項重要改革工作,並帶領台灣在和平的環境中,持續發展。就這一點而言,蔡總統在演說中,的確展現了她想好好改革的道德勇氣。在就職演說一開頭,蔡就指出,她能當選總統,主要是因為台灣人民要她「解決問題」。然後,她就開始分項說明台灣現在遭遇哪些重大問題,以及新政府要如何解決問題。

跟前任三位民選總統相比,蔡英文在總統就職演說中,沒有大加宣揚台灣出現第三次政黨輪替執政的民主成就,反而是在演說開始後沒多久,就毫不掩飾地表示當時台灣是如何的問題重重。這種敘事策略其實是在凸顯,以她的總統身分,在這種慶典的場合中,她不遮掩、不避諱、不怕台灣在國際上家醜外揚的道德勇氣。這當然是一種語藝策略。在充滿喜氣的就職大典上,劈頭就一連串地指出台灣現況有多嚴重,雖然有點丟國家面子,有點不吉利,但蔡還是說了很多重話,比較可能的解釋就是,蔡想突出她願意面對問題、解決問題的道德勇氣。

在演說中,蔡在其他段落中也有比較強烈的道德訴求。例如,她展現了對年輕人低薪及對未來感到茫然的同情。此外,她也對老年人缺乏妥善、便利的長照表示關切。對於原住民族,

第六章　蔡英文總統就職演說（2016 年 5 月 20 日）

她願意以道歉的態度處理原民問題。最突出的是，她表示要在總統府內設置委員會，專門處理「轉型正義」的歷史問題。雖然蔡總統沒有在演說中明講，要還給哪些人正義；但是，「正義」二字本身確實是有道德色彩的用詞。

除了道德訴求，在蔡總統的演講中，也有挑起聽者正面情感反應的語藝策略。跟前任三位民選總統一樣，蔡英文在就職演說中也常使用「我們」一詞，拉近總統與人民的感情，也將台灣人民與蔡政府並列為可以完成改革大業的英雄。例如，蔡說，

只要我們相信，新時代就會來臨。只要這個國家的主人，有堅定的信念，新時代一定會在我們這一代人的手上誕生。

歷史會記住我們的勇敢，我們在 2016 年一起把國家帶向新的方向。這塊土地上的每一個人，都因為參與台灣的改變，而感到驕傲。

請給我們一點時間，也請跟我們一起走上改革的這一條路。

在演說中，蔡總統總計使用「我們」一詞達 80 次。這個數字遠超過之前三位民選總統在就職演說中使用「我們」二字的次數。

此外，蔡總統講述她的原民政策時，特別提到，

原住民族的小朋友在唱國歌之前，先唱了他們部落傳統的古調。這象徵了，我們不敢忘記，這個島上先來後到的順序。

在演講結尾，蔡表示，

剛才表演節目中有一首歌曲，有一句話讓我很感動，這句話說：現在是彼一天，勇敢的台灣人。

這兩段話是很明顯的情感訴求，其目的是要引發聽者的正面情緒反應。

第四節　本章小結

蔡英文在她的 2016 年總統就職演說中，講述了一個她構建的台灣故事。在故事的敘事中，她首先把當時的台灣描述成一個問題重重的社會，而她所帶領的新政府及所有台灣人民，乃至國際社會及對岸，將共同成為解決這些問題的英雄夥伴。

從表面上來看，這是一個在主題及角色設定上，都具有內在一致性的台灣故事；英雄願意面對問題，也願意解決難題，為台灣的年輕人、老年人、原住民帶來幸福的生活，也讓整個台灣社會重獲公平正義、有新的經濟發展模式，可以加入區域經貿組織，甚至可以繼續讓兩岸和平交流，維護兩岸人民福祉，聽起來也都具有道德感。

然而，故事中英雄解決難題的方法，卻多半欠缺真實感。對於改變長照制度，蔡總統提供了比較具體，以老年人現居社區

第六章　蔡英文總統就職演說（2016年5月20日）

為政府提供長照協助基地的改革方案。這是整篇就職演說中，唯一較具真實感的施政承諾。

對於蔡總統在演說中提出的諸多其他問題，例如年金改革，她只表示要召開會議，但對於新政府的改革方向，卻是隻字未提；對於年改涉及的爭議，像是否可以溯及既往、是否違反信賴保護原則，乃至於軍公教或勞退基金的管理方式等問題，蔡總統在演說中都避而不談。又例如所謂的新經濟模式，蔡總統的描述，要不是每屆政府都會執行的經濟政策，就是之前政府已經在草擬的方案，像是國土規劃、環境保護、循環經濟，或是南向政策，都不是蔡所謂的「新」經濟模式，因此也就是在經濟改革方面不真實的敘事。

在演說中，蔡總統也花了相當篇幅，描述新政府將要加入像是RCEP或TPP這類的區域經貿組織。這其實也不是蔡政府的新理想，而是至少在馬政府時代就想要達成的經貿目標。然而，因為中共對台灣參與國際組織的抵制，或是這類組織會員國對中共的忌憚，台灣一直不能如願。蔡總統在演說中完全不提如何化解中共這個干擾因素，就使得她在暢論新政府將如何讓台灣在國際上扮演重要角色，聽起來非常不具真實感。

關於兩岸關係，是各方關切蔡總統的演說重點。她確實談到了兩岸在1992年舉行的會談，卻沒有表態接受「九二共識、一中各表」。在92年的會談結論中，兩岸代表都同意了「一個中

第四節　本章小結

國」的原則；並對一個中國的涵義，保留了各自表述的空間，這就是所謂的九二共識。蔡總統在演說中表示，希望延續兩岸協商與交流的成果；蔡也應該知道中共對九二共識的重視，卻在演說中迴避了新政府對九二共識的立場，這使蔡對兩岸關係的正面期待，顯得並不真實。

最後，也非常欠缺真實感的敘事，是蔡總統對所謂「轉型正義」任務的說明。追求正義，聽起來是很有道德感的敘事；問題是，哪些人需要正義的彌補，對歷史事件的調查，有完整的史料為佐證嗎？更重要的是，蔡英文當選總統時的台灣社會，有因為某些歷史事件，而呈現社會成員間的分裂與衝突嗎？還有，所謂的「正義」，由誰來認定？由蔡政府來認定，還是由民進黨來認定？認定的結果，一定不會引發更多爭議嗎？這些問題，蔡總統在演說中都沒有觸及，甚至是用非常隱晦而抽象的敘事方式，來描述新政府追求轉型正義的任務，轉型正義的真實感，自然令人存疑。

綜合來看，蔡英文在總統就職演說中，以「解決困難」做為貫穿全文的主題，並且試圖展現即將解決台灣各種困難的英雄氣概與自信，但在描述解決問題的方案時，卻是處處呈現與事實不符、過於抽象，或是完全忽視對岸立場與國際現實局勢的敘事風格，以至於整篇演說雖然非常一致地凸顯了蔡政府充滿道德感的改革壯志與英雄角色，卻實際上是說了一個非常欠缺

第六章　蔡英文總統就職演說（2016 年 5 月 20 日）

真實感的新時代台灣故事。畢竟，具有改革勇氣是一回事；能否真實完成改革任務，就是另一回事了！

在下一章裡，筆者要繼續分析蔡英文的接棒者，也是台灣第五位民選領袖，賴清德總統在 2024 年 5 月 20 日發表的就職演說內容。這也是本書出版時，可以進行敘事批評的一篇最新重要文稿。

第七章
賴清德總統就職演說（2024 年 5 月 20 日）

　　賴清德是自 1996 年以來，台灣人民直接選出的第五位總統，並於 2024 年 5 月 20 發表了就職演說。基於兩項原因，這場演講備受各方關注。首先，在賴總統的前任，蔡英文總統八年任期內，台灣在內政方面，出現不少問題。例如，在 2019 年爆發，長達兩年多的新冠疫情期間，蔡政府的防疫措施，特別是疫苗採購政策，引發爭議。又例如，蔡政府堅持的非核家園能源政策，是否會導致台灣出現缺電危機，也是爭議不休的話題。此外，少子化對教育體系的衝擊、年輕人對低薪與高房價的不滿、食品安全問題接連爆發、治安狀況未見明顯改善，諸多問題讓蔡政府飽受批評。在如此對民進黨不利的政治氛圍中，賴清德雖仍當選總統，但得票率並未過半，民進黨在 2024 年的立委選舉中，也未能成為國會最大黨，因而形成朝小野大的政局。於是，賴總統會在就職演說中，提出什麼樣的改革措施，自然會受到台灣人民的關注。

　　其次，由於蔡總統在八年任期中，始終不接受中共提議的，

第七章　賴清德總統就職演說（2024年5月20日）

以九二共識做為恢復兩岸對話的基礎，同時，在外交方面，積極深化與美國及其他民主國家的互動。於是，中共不但終止了兩岸在馬政府時代建立的溝通協商機制，也對台灣展開突破海峽中線及金門附近禁、限制海域的高密度武力威嚇。之後，在政府換屆前的2024年4月10日，雖然中共總書記習近平與馬英九前總統的二度會談，看似讓兩岸緊張關係略為降溫，但賴清德擔任總統後，在兩岸關係上究竟會表達何種政策方向，才是真正會影響台海局勢的一項關鍵因素，這也使賴總統的就職演說特別受到關注。畢竟，賴曾公開自稱為「務實的台獨工作者」，這樣的表態當然與中共強烈反對台獨的立場極度相左，所以，賴會如何表述處理兩岸關係的原則，必然是其就職演說內容的重中之重。

本章以下仍分為數小節，分別檢視賴清德總統就職演說內容的內在一致性、敘事真實感，以及敘事中涉及的道德或情感訴求。

第一節　內在一致性

賴清德總統的就職演說，以台灣的民主成就，做為統合全篇演說內容的論述主軸，這可以說是自台灣進入民選總統時代後，最為強調台灣民主價值的一篇總統就職演說稿。賴不但以

第一節　內在一致性

民主的台灣，做為國家的政治定位，在論述其外交、經貿、甚至防疫政策時，也強調台灣的民主特性，並以此為出發點，發表了讓一些人頗為意外的強硬兩岸政策論述。

談到台灣的民主進程與成就，賴清德首先指出，

回想 1949 年的今天，台灣實施戒嚴，全面進入專制的黑暗年代。

1996 年的今天，台灣第一位民選總統宣誓就職，向國際社會傳達，中華民國是一個主權獨立的國家、主權在民。

2024 年的今天，台灣在完成三次政黨輪替之後，第一次同一政黨連續執政，正式展開第三任期！台灣也揚帆進入一個充滿挑戰，又孕育無限希望的新時代。

這段歷程，是這塊土地上的人們，前仆後繼、犧牲奉獻所帶來的結果。雖然艱辛，但我們做到了！

此時此刻，我們不只見證新政府的開始，也是再一次迎接得來不易的民主勝利！

許多人將我和蕭美琴副總統的當選，解讀為「打破八年政黨輪替魔咒」。事實上，民主就是人民作主，每一次的選舉，虛幻的魔咒並不存在，只有人民對執政黨最嚴格的檢驗、對國家未來最真實的選擇。

我也要感謝國人同胞大家的支持，不受外來勢力的影響，堅定守護民主，向前走；不回頭，為台灣翻開歷史的新頁！

第七章　賴清德總統就職演說（2024年5月20日）

在這裡我們可以發現，和他的前面幾位民選總統相比，賴清德在他的就職演說中，開篇用了較長的篇幅，述說台灣的民主成就，並且很快點出，有所謂「外來勢力」，想要影響台灣的民主選舉。賴所指的外來勢力，聽者都能了解，當然是指中共。這也是賴在演講中對對岸釋出的第一個負面指涉。

關於台灣的民主政治，從李登輝、陳水扁、馬英九到蔡英文，在總統就職演說中，多半論述的是總統直選的民主意義。畢竟，總統的就職演說，主題當然是總統大選。然而，賴清德在就職演說中，除了闡述總統選舉的民主價值，還談到立法院的政治生態。這或許跟賴在宣誓就職前，立法院進行所謂國會改革修法時，出現了激烈的政黨衝突有關。不過，這段關於國會的講話，雖然和總統大選無關，卻依然延續著演說開篇以來的民主話題。賴表示，

立法院的議事運作，應該遵守程序正義，多數尊重少數，少數服從多數，才能避免衝突，維持社會的安定和諧。

在民主社會，人民的利益至上，這是民主的根本；國家的利益優先於政黨的利益，這是政黨的天職。當朝野政黨推動法案，都能夠合乎憲法，秉持「人民至上」、「國家優先」的精神時，國政自然順利推展。

談完國會運作原則後，賴總統也談到行政院該有的民主理念。他說，

第一節　內在一致性

　　行政院卓榮泰院長率領的內閣團隊,也將優先解決對社會有益、朝野有共識的議題,以積極行動、創新思維,解決民瘼,來回應民意、服務人民。

　　除了在內政層面論述台灣的民主價值,賴清德也用「民主」這個概念,論述台灣在國際政治與世界經貿中的定位。他表示,

　　台灣是「世界民主鏈」的亮點,民主台灣的光榮時代已經來臨!台灣自從總統直選以來,已經成為全球最蓬勃發展的民主國家之一。我們持續提升人權,向世界展現民主自由的價值。

　　台灣不論是民主指數,或是自由度的評比,在亞洲的排名都是數一數二。民主台灣已經是世界之光,這份榮耀屬於全體台灣人民!

　　未來,新政府將持續善用台灣的民主活力,推動國家發展,也加深國際合作。

　　對外,我們將持續與民主國家,形成民主共同體,彼此交流各領域的發展經驗,一起對抗假訊息,強化民主韌性,因應各項挑戰,讓台灣成為民主世界的MVP!

　　展望未來的世界,半導體無所不在,AI浪潮席捲而來。現在的台灣,掌握半導體先進製程技術,站在AI革命的中心,是「全球民主供應鏈」的關鍵,影響世界經濟發展,以及人類生活的幸福與繁榮。

　　賴甚至表示,台灣的防疫工作,也和民主有關。他說,

第七章　賴清德總統就職演說（2024年5月20日）

　　台灣示範了，民主防疫可以優於專制防疫。

　　賴雖然未明言，所謂「專制防疫」，所指為何？但對照演說中的前後文來推測，應該是暗指大陸的防疫措施。果真如此，這是在演說前半段中，對中共提出的第二次負面批評。

　　從以上引述中可以發現，在敘事主題方面，賴清德的就職演說，始終圍繞著「民主台灣」的主軸，對台灣民主的肯定，在演說中維持了敘事主題的高度一致性。

　　在行動角色方面，在演說中出現的角色，包括賴清德自己、新政府行政團隊、立法委員、台灣人民，國際人士，以及中共。前五者在賴清德的就職演說中，都被賦予維繫台灣民主與發展的角色期待；中共則是一方面被賴描述為與台灣沒有法理連結、對台灣有嚴重威脅的反派角色；另一方面，又是可以跟台灣和平交流、共榮的對象。換言之，在演說中，賴對中共的角色描述，出現了顯著的不一致性。

　　談到自己，賴總統在就職演說中表示，

　　我年輕的時候，立志行醫救人。我從政的時候，立志改變台灣。現在，站在這裡，我立志壯大國家！

　　我以無比堅定的心情，接受人民的託付，就職中華民國第十六任總統，我將依據中華民國憲政體制，肩負起帶領國家勇往前進的重責大任。

第一節　內在一致性

在未來任期的每一天，我將行公義，好憐憫，存謙卑的心，「視民如親」，不愧於每一分信賴與託付。

對內，我會用人唯才，清廉勤政，並落實民主治理，建立開放政府，以公開透明、人民作主的精神，鼓勵大眾參與公共政策，繼續推動十八歲公民權，共同實踐國家的願景。

我要建立一個有愛和道德勇氣的台灣社會。

我了解國人對生活的煩惱和期待，凡是各位關心的議題、社會需要的改革，政府都會積極以對，全力以赴。

我會推動產業升級，創造更好的薪資環境。

我會打擊黑金、槍、毒和詐騙。

我會推動第二次能源轉型，發展多元綠能、智慧電網，強化電力系統的韌性。

我期許自己發揮醫師專業，集結各界的力量，打擊癌症，以及成立「體育暨運動發展部」，推展全民運動，並且確保健保永續經營，讓國人活得長壽又健康。

在以上引述中可以發現，賴清德對於自己的總統角色，非常一致地做了英雄般的描述。對於新政府團隊，賴總統描述的角色行動是，

新政府也將兢兢業業，拿出最好的表現，來接受全民的檢驗。我們的施政更要不斷革新，開創台灣政治的新風貌。

第七章　賴清德總統就職演說（2024 年 5 月 20 日）

行政院卓榮泰院長的內閣團隊，也將優先解決對社會有益、朝野有共識的議題，以積極行動、創新思維，解決民瘼，來回應民意、服務人民。

未來，新政府將持續善用台灣的民主活力，推動國家發展，也加深國際合作。

關於立法委員的角色，賴總統認為，

立法院的議事運作，應該遵守程序正義，多數尊重少數，少數服從多數，才能避免衝突，維持社會的安定和諧。

在就職演說中，台灣人民被賴總統描述為與新政府共同奮鬥、受到新政府良好照顧的合作夥伴。

親愛的國人同胞，國家的未來發展，需要每一分力量。

我也要邀請每一位國人，和我一起為孕育你我的母親台灣喝采，我們一起用行動守護她、榮耀祂，讓世界擁抱她，讓她成為國際上令人尊敬的偉大國家！

年輕人可以看見希望，壯年人可以實現夢想，老年人可以擁有幸福，弱勢者也可以得到照顧。每一個人在人生的每一個階段，都能夠獲得政府的支持。

提到其他國家在協助台灣時扮演的角色，賴總統表示，

為了因應當前複雜的國際情勢，世界各國已展開積極的合作，來維持區域的和平穩定。

第一節　內在一致性

　　就在上個月，美國也完成了「印太安全補充撥款法案」的立法，將提供印太區域額外安全援助，支持台海的和平穩定。

　　我們感謝世界各國對台灣的重視和支持，我們也要向世界宣告：民主自由，是台灣不可退讓的堅持，和平是唯一的選項，繁榮是長治久安的目標。

　　我們將持續與民主國家，形成民主共同體，彼此交流各領域的發展經驗，一起對抗假訊息，強化民主韌性，因應各項挑戰，讓台灣成為民主世界的MVP！

　　國際間已經有高度共識，認為台海的和平穩定，是全球安全與繁榮不可或缺的要素。

　　最後，關於中共這個角色，賴總統在演說中，出現正、反派並存的不一致描述。由於反派描述居多，難免讓人質疑，正面描述非其本意。前面說過，賴在演說中，疑似暗指中共為企圖影響台灣總統大選的「外來勢力」；並疑似暗示，中共的防疫是「專制防疫」。在演說中，賴總統對中共還做了一些明示的反派描述。

　　中國的軍事行動以及灰色脅迫，也被視為全球和平穩定最大的戰略挑戰。

　　我也要呼籲中國，停止對台灣文攻武嚇。

　　在中國尚未放棄武力犯台之下，國人應該了解，即使全盤接受中國的主張，放棄主權，中國併吞台灣的企圖並不會消失。

137

第七章　賴清德總統就職演說（2024年5月20日）

面對來自中國的各種威脅滲透，我們必須展現守護國家的決心，提升全民保家衛國的意識，健全國安法制，並且積極落實「和平四大支柱行動方案」，強化國防力量，建構經濟安全，展現穩定而有原則的兩岸關係領導能力，以及推動價值外交，跟全球民主國家肩並肩，形成和平共同體，來發揮威懾力量，避免戰爭發生，靠實力達到和平的目標。

雖然有以上這些負面描述，但在演講中，賴也確實對中共有正面角色的期待。只是在比例上，正面表述的份量遠低於對中共的負面表述。

我始終認為，如果國家領導人以人民福祉為最高考量，那麼，台海和平、互利互惠、共存共榮，應該是彼此共同的目標。

因此，我希望中國正視中華民國存在的事實，尊重台灣人民的選擇，拿出誠意，和台灣民選合法的政府，在對等、尊嚴的原則下，以對話取代對抗，交流取代圍堵，進行合作，可以先從重啟雙邊對等的觀光旅遊，以及學位生來台就學開始，一起追求和平共榮。

從以上的引述中可以發現，在整篇就職演說中，賴總統以負面居多、正面偏少的不一致方式，描述中共這個角色。在賴敘述的台灣故事中，中共對台灣經常文攻武嚇、滲透威脅、充滿併吞野心。賴也強調，中共「拿出誠意」，承認中華民國存在的事實，兩岸才有可能恢復和平交流。

第二節　敘事真實感

　　賴總統在就職演說中，提出若干施政願景。從 1996 年開始，這已經成為台灣民選總統在就職演說中，都會出現的敘事內容。和前面幾位民選總統相比，賴總統的施政敘事，顯得項目更多、願景更大；但多淪為口號式的宣傳，缺乏較具體的實施方式陳述，也因此在真實感方面，顯得較為薄弱。例如，賴表示，

　　面對氣候危機，我們必須堅定地落實 2050 淨零轉型。面對全球智慧化的挑戰，我們站在半導體晶片矽島的基礎上，將全力推動台灣成為「人工智慧之島」，促成人工智慧產業化，加速人工智慧的創新應用，並讓產業人工智慧化，用人工智慧的算力，來提升國力、軍力、人力和經濟力。

　　在這段敘事中，賴總統完全沒有談到如何落實淨零轉型；也沒有說明怎樣實現人工智慧化，讓台灣成為「人工智慧之島」。談到經濟發展時，賴總統說，

　　我們也必須發展創新驅動的經濟模式，透過數位轉型，以及淨零轉型的雙軸力量，來協助中小企業升級轉型，追求包容性成長，打造智慧永續新台灣，創造台灣第二次經濟奇蹟。

　　除了投資新創，培育新世代隱形冠軍之外，無論是量子電腦、機器人、元宇宙，或精準醫療，各領域的前瞻科技，我們

第七章　賴清德總統就職演說（2024年5月20日）

也都要大膽投資，讓年輕人可以追逐夢想，也確保台灣在未來世界的領先地位。

在這兩段談話中，所謂數位轉型及淨零轉型，或是創新驅動的經濟模式，至少是蔡英文總統任內就已經展開的工作，賴總統如今舊話重提，卻沒有說明前任政府的實施績效如何；也沒有指出要如何提升績效到創造經濟奇蹟的地步。這樣的敘事，非常缺乏真實感。此外，發展人工智慧產業，需要穩定且足夠的供電能力，在民進黨「非核家園」的能源政策下，台灣的電力供應足以支撐「人工智慧島」的穩定運作嗎？台灣內部對此議題已有爭議，賴總統卻在演說中沒有多做說明。

賴總統在演說中也談到台灣加入區域經貿組織的願景，他說，

台灣已經申請加入CPTPP，我們會積極爭取加入區域經濟整合；跟世界民主國家簽訂雙邊投資保障協定，深化貿易夥伴關係；並解決碳關稅問題，進一步開拓產業發展空間。

台灣絕對有能力，成為「經濟日不落國」，無論太陽從哪裡升起，都可以照到台灣的企業，造福當地的發展，也讓台灣人民能夠有更富足的生活。

這兩段話聽起來充滿自信與雄心壯志。但事實是，台灣不管是要加入區域經貿組織，或是與其他國家簽訂雙邊投資保障協定，都涉及中共打壓台灣國際生存空間的障礙；即使跟台灣

第二節　敘事真實感

關係密切的美國，也只跟台灣簽訂了於 2023 年 7 月 26 日生效，但不涉及關稅及投資談判的所謂「21 世紀台美貿易倡議」。至於說「經濟日不落國」，賴也沒有說明是「日不落」到何種程度，因而成為缺乏真實感的空洞口號。

關於內政問題，賴總統在演說中針對多項議題做出承諾，但都沒有提出略為具體的實施步驟。賴總統表示，

未來，在推動「國家希望工程」、擴大社會投資之下，我要建立一個有愛和道德勇氣的台灣社會。年輕人可以看見希望，壯年人可以實現夢想，老年人可以擁有幸福，弱勢者也可以得到照顧。每一個人在人生的每一個階段，都能夠獲得政府的支持。

未來，幼托、長照、社會住宅等服務，要延續擴大；物價、房價、貧富差距等問題，要不斷改善；食品安全、道路安全、校園安全、社會安全網等保障，要持續強化；還有，對於教育、司法、轉型正義等各項改革工作，也都要繼續做下去！

我了解國人對生活的煩惱和期待，凡是各位關心的議題、社會需要的改革，政府都會積極以對，全力以赴。

大家期待治安更好，我會積極打擊黑金、槍、毒和詐騙。

大家需要供電穩定，我會推動第二次能源轉型，發展多元綠能、智慧電網，強化電力系統的韌性。

大家關心勞保財務，我要再次強調，只要政府在，勞保絕

第七章　賴清德總統就職演說（2024年5月20日）

對不會倒。

大家重視交通安全，我會打造符合人本的交通環境，擺脫「行人地獄」的惡名。

大家期待政府能夠幫助家庭照顧者減輕負擔，以及協助產業改善缺工的困境，這些問題，我都會積極解決。

迎向未來，我們都期待一個更強韌的台灣，可以妥善因應傳染病、天災地變等各類型災害，以及加速都市更新，解決危老建築的問題。

由於這些林林總總的議題都是老問題而不是新議題，賴完全不提新政府有何新措施，只說他會解決問題，就讓內政方面的諸多承諾，特別缺少老問題可以在新措施下，獲得有效解決的真實感。更可能引發質疑的是，賴總統曾經做過行政院長及副總統，有多年從政經驗，他在總統就職演說中列舉的這一大堆內政問題，都是他在閣揆及副總統任內就已存在的老問題，如果他在過去擔任政府高層職位時，都無法解決問題，又如何能說服台灣人民，他當上總統後，就能將問題一一解決？

此外，賴總統在演說中對兩岸議題的論述，從中華民國憲法的規範來看，也有不正確之處，並且在演說發表後，立即引發中共非常嚴厲的批評與為期兩天的環台軍事演習。談到兩岸議題，賴總統說，

第二節　敘事真實感

　　中國的軍事行動以及灰色脅迫，也被視為全球和平穩定最大的戰略挑戰。

　　我也要呼籲中國，停止對台灣文攻武嚇，一起和台灣承擔全球的責任，致力於維持台海的和平穩定，確保全球免於戰爭的恐懼。

　　在中國尚未放棄武力犯台之下，國人應該了解：即使全盤接受中國的主張，放棄主權，中國併吞台灣的企圖並不會消失。

　　面對來自中國的各種威脅滲透，我們必須展現守護國家的決心，提升全民保家衛國的意識，健全國安法制，並且積極落實「和平四大支柱行動方案」，強化國防力量，建構經濟安全，展現穩定而有原則的兩岸關係領導能力，以及推動價值外交，跟全球民主國家肩並肩，形成和平共同體，來發揮威懾力量，避免戰爭發生，靠實力達到和平的目標！

　　我們都知道，有主權才有國家！根據中華民國憲法，中華民國主權屬於國民全體；有中華民國國籍者，為中華民國國民；由此可見，中華民國與中華人民共和國互不隸屬。

　　無論是中華民國、中華民國台灣，或是台灣，皆是我們自己或國際友人稱呼我們國家的名稱，都一樣響亮。

　　上述談話如果只是出於任何民進黨一般政治人物之口，其實不會太令人感到意外或陌生；但由一位新當選，並宣誓過要遵守中華民國憲法的新任中華民國總統，在就職演說中大聲說出，

第七章　賴清德總統就職演說（2024年5月20日）

自然會被解讀為新總統將要採行的兩岸政策路線。因為是總統的正式宣言，當然具有正式、權威、國家層次的意義。在這樣的意義高度下，賴的兩岸敘事內容與風格，一旦偏離中華民國憲法，又向對岸展現高度的對抗意識，自然會掀起軒然大波！

賴總統的兩岸敘事，與中華民國憲法對兩岸關係的定位，明顯不符。首先，根據中華民國憲法本文第四條，中華民國的領土，包括大陸地區與台澎金馬，這些地區都是「固有疆域」。同時，中華民國政府也從未承認中華人民共和國，因此，說中華民國與目前在大陸地區的「中華人民共和國」互不隸屬，至少就違背了中華民國憲法對領土的規範。也因為不承認中華人民共和國的法律地位，對中華民國而言，兩岸人民的互動，屬於中華民國大陸地區與台灣地區人民間的互動，而不是兩個互不隸屬國家人民間的互動。如果照賴總統所言，中華民國與中華人民共和國是互不隸屬的兩個國家，那麼，在中華民國政府內，處理兩岸事務的，就應該是外交部，而不是大陸事務委員會了。因此，賴總統針對兩岸議題提出的兩國論，顯然不符合中華民國政府目前處理兩岸事務的機制，是一種錯誤的論述。

其次，由於中華民國從未承認中華人民共和國，因此，在法理上，對中華民國而言，所謂的一個中國或「中國」，當然只能指涉中華民國，不可能指涉「中華人民共和國」。賴總統在就職演說中，卻以中國、台灣指涉兩岸，而出現中國要威脅、滲

透、併吞台灣等敘事，不但放棄了中國就是中華民國的指涉，也等於暗指「台灣」是與賴所稱「中國」地位平行的一個國家。這也是為什麼對岸認定賴的兩岸敘事，是一種台獨表述的原因。同時，賴總統在演說中表示，中華民國、中華民國台灣，或是台灣，都是對國家的稱呼。這種說法，顯然也不符合中華民國憲法對國名就是中華民國的規範。說台灣也是國家名稱，是賴的就職演說被認為有台獨涵義的另一原因。

總之，就演說內容的真實感而言，賴總統在演說中提到要解決各種內政問題，卻完全沒有提出任何較具體的新措施；在兩岸議題方面，諸多敘事又與中華民國憲法的相關規範不符，使這篇就職演說至少在真實感方面，成為具有爭議的一篇政治宣言。

第三節　道德或情感訴求

在賴總統的就職演說中，主要的道德訴求，展現在他將為台灣帶來和平、穩定與繁榮的宣示，以及將會解決各項內政問題的敘事中。為了強調他從政理念中的道德成分，賴總統在演說一開頭就表示，

我從政的時候，立志改變台灣。現在，站在這裡，我立志壯大國家。

第七章　賴清德總統就職演說（2024 年 5 月 20 日）

　　我以無比堅定的心情，接受人民的託付，就職中華民國第十六任總統，我將依據中華民國憲政體制，肩負起帶領國家勇往前進的重責大任。

　　賴總統的道德訴求，也展現在他在演說中表示，他會用人唯才、清廉勤政，並落實民主治理，建立開放政府，以公開透明、人民作主的精神，鼓勵大眾參與公共政策。此外，在談到「國家希望工程」時，賴總統也表示，

　　我要建立一個有愛和道德勇氣的台灣社會。

　　賴總統在演說中，幾乎把政府從過去到現在面臨的所有內政問題，都列舉了出來，並表示他會解決所有問題。或許從道德層面來看，可以說賴總統有面對並解決所有問題的道德勇氣；但可惜的是，也許是因為演講時間或講稿篇幅有限，也或許是由於列舉的議題太多，賴總統在演說中，完全沒有說明要用哪些新措施解決各項內政中存在已久的老問題。也正因如此，不但使得內政議題的敘事聽起來欠缺真實感，也削弱了這些敘事的道德感。

　　在情感訴求方面，跟前面四位民選總統一樣，賴總統也在就職演說中，多次使用「我們」一詞，來拉近他與台灣人民間的心理距離。在整篇演說中，「我們」一詞總計出現過 34 次。

　　另外，賴總統在演說中提到 2024 年 4 月 3 日在台灣花蓮發

生的地震，他也用了情感訴求的敘事方式。他說，

目前，0403災後的復原工作，正在進行。我要再次向罹難者表示哀悼、慰問家屬。我也要感謝所有協助救災和重建的國人，以及再次感謝國際社會的關心和支持。

在演說的結尾，賴總統再度使用了情感訴求。他表示，

我也要邀請每一位國人，和我一起為孕育你我的母親台灣喝采，我們一起用行動守護她、榮耀她，讓世界擁抱她，讓她成為國際上令人尊敬的偉大國家！謝謝大家！

第四節　本章小結

本章從一致性、真實感、道德或情感訴求等角度觀察賴清德的總統就職演說內容。

在一致性方面，賴以維護台灣民主成就，維持演說主題的一致性。這樣的敘事風格，有些超過筆者的預期。按理說，台灣自1996年實施總統直接民選以來，到賴當選的2024年，已經過將近30年的總統民選歷程。因此，在台灣，總統由人民選舉產生，應該是台灣人民都很習慣，不需要再大書特書其民主意義的政治過程。但沒想到賴總統在就職演說中，仍然大談特談台灣的民主成就，甚至連台灣的國貿及防疫工作，都要冠

第七章　賴清德總統就職演說（2024年5月20日）

上民主的形容詞。通篇看來，或許其用意是要以台灣的民主政治，對比對岸的專制統治，並以此做為向兩岸統一說不的立論基礎。

在角色一致性方面，賴總統在就職演說的敘事中，將他自己、新政府團隊、立法委員、台灣人民及國際人士，塑造成從頭到尾都支持台灣民主與繁榮的正面角色；中共則是被賴從頭到尾塑造成專制、對台灣文攻武嚇、威脅滲透，破壞區域和平、充滿併吞台灣野心的負面角色。跟前面四位民選總統相比，賴總統在就職演說中，對中共的嚴厲批評與不假辭色，在程度上遠遠超過李登輝、陳水扁、馬英九及蔡英文總統在就職演說中，對中共的角色鋪排。這或許是中共對賴總統就職演說高度不滿的原因之一。

關於演說內容的真實感，由於賴總統提到非常多存在已久的內政議題，也表示會解決每個問題，但卻沒有提出任何較具體的解決問題新措施，使得一連串的施政承諾聽起來非常欠缺真實感。另一些口號，像是台灣可以成為經濟日不落國，不但顯得浮誇，也未提及可以實現到何種程度，同樣是沒有真實感的空洞宣示。

最嚴重的是，賴總統在演說中有關兩岸議題的敘事，像是中華民國與中華人民共和國互不隸屬，與中華民國憲法對兩岸關係定位為一個國家中兩個地區的規範完全不符。回顧蔡英文

第四節　本章小結

總統在她 2016 年的就職演說中，表示要依據中華民國憲法及兩岸人民關係條例來處理兩岸議題，表示蔡總統剛就職時，仍然願意遵守中華民國憲法對兩岸關係的定位；而賴總統在就職演說中，卻完全沒有提到兩岸人民關係條例，這就難怪兩岸不少政治評論員會認為，賴總統的兩岸議題表述，有台獨的涵義。

此外，賴總統在演說中表示，「中華民國台灣」或「台灣」，都可以是我國國名的稱呼，這也和我國憲法規範國名就是中華民國完全不符。賴總統公開講我國國名可以是「台灣」，也被懷疑是一種台獨理念的表述。當然，賴總統的說法可能獲得一定程度的民意支持；但賴以中華民國總統身份公開談論兩岸議題或國號時，若不堅守中華民國憲法的規範，而提出不合憲的錯誤表述，那就難免會引發爭議，甚至讓兩岸關係雪上加霜，急遽升高台海緊張局勢。

最後，在道德或情感訴求方面，賴總統在演講中處處展現的施政承諾與雄心壯志，當然是政治責任感的道德表述。可惜的是，光有承諾要解決各種問題，卻完全不提解決問題的新措施，難免減弱了施政承諾的道德感。

另外，賴總統在就職演說中提到 2024 年 4 月 3 日的花蓮大地震時，哀悼罹難者，並且感謝國內外人士的救援與關懷。這是很明顯的，為引發聽者正面情緒反應的情感訴求。此外，跟前面四位民選總統一樣，賴總統在演說中也多次使用「我們」一

第七章　賴清德總統就職演說（2024年5月20日）

詞，這當然是為了拉近總統與人民心理距離的一種敘事方式。最後，在演說結尾，賴總統將台灣比喻為台灣人民的母親，這也是民進黨政治人物經常使用的一種情感訴求方式。

　　本書到目前為止，已完成對台灣自1996年開始總統直接民選以來，五位政治人物初任民選總統就職演說的敘事批評。在下一章，也是本書的最後一章中，筆者將要對所有分析結果做出綜合歸納結論，嘗試找出到目前為止，台灣民選總統就職演說中，敘事風格中的若干通則及其差異，並試著解釋這些異同之處產生的原因。這將是本書在敘事批評學術領域的主要貢獻。

第八章
結論

　　五位台灣民選總統，包括國民黨和民進黨的政治人物，在他們首次擔任民選總統時，在就職演說中，呈現了他們的治國初心。

　　根據敘事批評分析角度，筆者首先檢視了這五篇講稿，在主題與角色上的敘事一致性。

　　從分析結果來看，從李登輝、陳水扁、馬英九、蔡英文到賴清德，他們剛登上民選總統大位，發表就職演說時，都強調他們的勝選，標誌著台灣的民主成就。在本書分析的五篇總統就職演說中，民主，一直是維繫敘事主題一致性的最重要概念。然而，在闡述自身當選的民主意義時，五位總統的敘事，又有些微差異。

　　李登輝是台灣第一位民選總統。因此，李總統在1996年發表的就職演說中，特別強調在台灣政治發展史上，總統首次由人民直接選出的主權在民意義。同時，李總統也肯定台灣人民不畏懼中共在1996年總統大選前，對台灣進行的文攻武嚇，而

第八章　結論

將其視為台灣民主的勝利。這當然是可以理解，也預料得到的敘事主題。

陳水扁在 2000 年發表總統就職演說時，台灣已經有過總統民選經驗，因此，陳總統在演說中闡述總統直選的民主意義時，強調的是台灣人民不但可以選舉總統，也可以經由投票，實現政黨輪替，結束國民黨在台灣萬年執政的迷思。此外，陳總統在其首任總統就職演說中，也將民主的意義，從總統民選，深化到對維護人權與司法改革的重視，以及強調讓民間活力充份發揮，行政官員乃是人民公僕的觀念。

但由於陳總統在兩任總統任期中，強推以台灣名義重返聯合國，造成兩岸關係緊張；其個人又疑涉貪腐而引發群眾抗議。因此，當馬英九在 2008 年當選總統後，在其就職演說中闡述民主意義時，除了肯定政黨可以再度輪替外，就特別強調，總統直接民選的一大功能，便是人民能夠經由投票，換掉貪腐與意識形態掛帥的政黨與其中的政治人物，讓清廉、務實、理性、能為兩岸帶來和平的政治人物，帶領國家邁向正軌、往前發展。

馬總統在八年總統任期內，開放兩岸直航、促進兩岸交流，與對岸簽訂經濟合作架構協定，確實穩定了兩岸關係。但由於遭遇國際金融風暴，又因油價、電價雙漲政策造成物價上漲，經濟發展陷於困境。此外，中共對台灣的經濟讓利，被部分台灣人民與在野黨詮釋為別有居心的作為；兩岸的經貿談判，

被反對馬英九的群眾宣傳為傷害台灣主權的危險行動。於是，2014年在台灣爆發的反馬政府「太陽花學運」，對馬與國民黨造成政治衝擊。

太陽花學運結束後，國民黨在2014年的地方選舉中失利，民進黨的蔡英文也在2016年的總統大選中獲勝，成為台灣的第四位民選總統。蔡總統在2016年發表的就職演說中，對民主意義的詮釋為，人民再度選擇政黨輪替，目的是要她來解決過去政府無法解決的問題，這是和之前三位總統不大一樣的詮釋方式。另外，蔡總統也將民主的意義，延伸至所謂轉型正義的工作進程，但她並未在就職演說中，詳細說明轉型正義究竟所指為何。

到了2024年的總統大選，民進黨的賴清德勝選，成為台灣第五位民選總統。雖然距離台灣首次舉行總統直接民選，已過去將近30年，賴總統在就職演說中，仍然花了許多篇幅，強調台灣的民主成就。細讀賴的演說全文，會發現賴總統有意以維護台灣的民主制度，做為對中共採強硬姿態的立論基礎。為了強調台灣的民主與中共的專制，賴總統甚至對台灣的經貿與防疫，都冠上民主供應鏈及民主防疫之名。這也可以說是在本書分析的五篇文稿中，最為強調台灣民主價值的一篇總統就職演說。

除了民主這個主題。自1996年至今，五位民選總統在展現

第八章　結論

　　首任治國初心的演說中,都強調增進台灣經濟繁榮與改革內政問題的決心。可以說,在民主之外,繁榮與改革,是本書分析的五篇演講稿中,維繫敘事主題一致性的另外兩項重要概念。關於繁榮經濟,五位總統都認為,需要加強與其他國家間的經貿往來。此外,陳水扁強調激活民間力量,馬英九指出與對岸共榮的必要性,蔡英文與賴清德提到創新經濟模式、開發新科技產業的前瞻規劃。

　　在改革方面,在五篇就職演說中,被提到的改革項目,包括司法、貪腐、人權、教育、能源、新聞自由、兩岸政策、年金、就業、低薪、房價、治安,長照、幼託、乃至交通安全,林林總總,不一而足。總的來說,關於改革的論述,可以佔到五篇就職演說中的三分之一到二分之一的篇幅。在就職演說中列舉改革項目,宣示改革的決心,當然是為了凸顯身為國家元首的責任感與行動力,這是與演說者身份相符的敘事主題。

　　除了檢視敘事主題的一致性。本書也分析了就職演說敘事中,人物角色在敘事中的一致性。在五篇演說稿中,最常出現的角色包括:總統自己、新政府團隊、台灣人民、國際組織或國際人士,以及對岸的中共。

　　分析結果顯示,五位民選總統在就職演說中,都從頭到尾,將自己描述為看重台灣民主價值、延續台灣經濟發展、推動各項內政改革、期盼兩岸和平共榮、拓展台灣國際連結的英

雄角色。演說中提及的新政府團隊,則是在新總統領導下,完成各項重要任務的輔助者。對於這個角色,馬英九要求他們必須清廉勤政;陳水扁提醒他們要以公僕自居。

第三種常被提及的角色,就是台灣人民。在五位民選總統的首任就職演說中,台灣人民既是合力推進台灣民主進程的偉大推手,也是與新政府共同完成各項改革工作的合作夥伴。在五篇演說稿中,台灣人民都是通篇從頭到尾,非常具有一致性的正面角色。此外,馬英九特別誇讚台灣人民有識人之明,能選他擔任總統;蔡英文點出,台灣人民選她當總統,就是要她來解決問題;賴清德則指出,台灣人民投票選總統時,沒有受所謂「八年魔咒」影響,即同一政黨執政八年後,必定要政黨輪替。總之,在五位民選總統的台灣敘事中,台灣人民都同樣是台灣的民主英雄,改革的幫手,或至少是需要被更妥善照顧的善良角色。其實,這樣的角色鋪排,自然有政治人物的現實考量。在台灣,政治人物要當上總統,需要多數選民投票支持,民選總統發表就職演說時,自然要抬高台灣人民的角色形象與這個角色的重要性。

五位民選總統在就職演說中,還經常提到國際組織或國際人士。不管在國際經貿或國際外交方面,台灣都需要國際生存與發展空間。因此,不管是友邦人士或民主同盟,在五篇演講稿中,都非常一致地被描述為可以協助台灣在國際上生存發展

第八章　結論

的正面角色。這當然也是基於現實考量,不得不如此表達的角色鋪陳。

另一個在五篇演講稿中都有出現的角色,就是對岸的中共政權。總的來說,在五位民選總統的兩岸敘事中,這都是一個被期待要與台灣和平共處、互相尊重、甚至互惠互利、共存共榮的角色。除了蔡英文和賴清德,李登輝、陳水扁及馬英九在就職演說中,都指出兩岸人民在血緣、文化上的共同特質,並認為這是兩岸可以和平共處、互惠互利的基礎。李登輝甚至表示,只要台灣人民不反對,他願意去大陸訪問。馬英九強調,兩岸可以在九二共識的基礎上,互惠交流。李跟馬都表示不會推動台獨;陳水扁也表示,只要中共不動武,他也不會推動台獨。蔡英文在演說中提到兩岸在 1992 年的會談,但沒有明言接受九二共識。蔡也表示,會在中華民國憲法與兩岸人民關係條例的基礎上,處理兩岸議題。可以說,從李登輝、陳水扁、馬英九到蔡英文,台灣的頭四位民選總統,都在就職演說中,將中共描述成一個可以被期待,甚至是可以和台灣和平相處、共存共榮,乃至可以吸收台灣民主發展經驗的角色。

然而,這樣的角色描述,在賴清德的就職演說中,卻出現劇烈的變化。賴總統雖然也表達了對中共要善待與尊重台灣的角色期待,並表示只要中共的對台行動符合這種期待,兩岸可以展開對話、交流。但在演說中,賴總統對中共提出了非常嚴

屬的批判與指責，其強度遠超過前面四位民選總統對中共的負面指涉。同時，賴總統完全不提九二共識或九二會談，也不提兩岸人民關係條例，並明言兩岸是互不隸屬的兩個國家，稱對岸為「中國」，又說「台灣」也是一種國家名號。這種兩岸敘事風格，立刻引發賴總統在暗示台獨路線的解讀；對岸的角色，在賴的敘事中，完全脫離了一中框架，成為對台灣充滿敵意的近鄰國家。這樣的角色表述，立即引來中共更為強烈的文攻武嚇，急劇升高了兩岸的緊張關係。從敘事批評的角度而言，賴總統在就職演說中，對中共這個角色，沒有維持文意中「可被期待」的一致性描述，是造成賴在演說中雖然也有對對岸表達若干善意，但欠缺說服力的主要原因。

　　除了觀察五位民選總統就職演說中，在主題與角色描述上的一致性，本書也評斷了五篇講稿內容的真實感。在這方面有兩項主要發現。

　　首先，五位民選總統在就職演說中，都提出若干施政承諾，這是向人民負責的表現與宣示，確實是就職演說中，必須要有的敘事。問題是，要如何實現這些承諾，總統在演說中，往往並未提出較具體的說明，這就會大大減低那些承諾的真實感。例如，陳水扁提出清流共治、蔡英文提到創新經濟模式與實現轉型正義，要如何實現這些理念，沒有較明確的說明。賴清德說要解決能源、低薪、房價、長照、幼託、治安、交通等多項問

第八章 結論

題,要用哪些新措施解決這些老問題,也都沒有闡述。另外,五位民選總統在講稿中都提到要改革司法,除了開全國司法改革會議,都講不出更具體的改革方案。由於施政承諾沒有具體實施方案,在就職演說中提出的各項美麗承諾,聽起來就很像是空洞的口號,欠缺敘事真實感。

真實感不足,也顯現在李登輝總統及三位民進黨籍民選總統的兩岸敘事中。李登輝在 1996 年就任首位民選總統之前,先是因蔣經國總統去世而繼任總統,後又由國民大會選出為中華民國總統。在這段非民選總統任期中,李積極拓展外交關係,並於 1995 年訪問美國,在美國發表的演講中,只強調台灣的民主成就,而未提出強化兩岸和平穩定交流的主張,中共強烈不滿,在 1996 年台灣舉行首次總統直接民選前,對台灣展開軍事演習,造成所謂的 1996 年台海危機。在這樣的時空背景下,李總統在 1996 年當選台灣首位民選總統後,在總統就職演說中,雖然宣示不會推動台獨;但他表示,不排除訪問大陸,向中共推銷台灣的民主經驗,卻是一聽就知道,這是中共不可能接受,欠缺真實感的兩岸敘事。

陳水扁總統在 2000 年當選總統後發表的就職演說中,以中共放棄武力犯台,做為他不推動台獨的條件。這也是欠缺真實感的兩岸敘事。因為中共自 1949 年建政以來,從未排除以武力方式解決所謂台灣問題。此外,民進黨也從未放棄所謂的台獨

黨綱,那麼,陳總統在首次就任民選總統時發表的兩岸敘事,當然也是缺少真實感的表述。

蔡英文在初次當選總統後,於2016年發表的就職演說中,雖然提到了兩岸在1992年的會談,並表示會根據中華民國憲法及兩岸人民關係條例,來處理兩岸事務,但她畢竟沒有明言接受九二共識,這樣的兩岸敘事,要讓兩岸維持和平穩定交流,也不具真實感。

蔡總統的兩岸敘事之所以欠缺真實感。其實與其前任馬英九總統的兩岸政策有關。馬英九在初次當選總統後,就在2008年發表的就職演說中明白宣示,願意以當時的中共領導人胡錦濤也接受的九二共識,做為開展兩岸和平交流的基礎。馬總統就任後,隨即開放兩岸直航,並與對岸大幅開展觀光、體育、教育、文化、經貿等方面的交流活動,又在八年總統任期內,與對岸簽訂了兩岸經濟合作架構協議。可以說,馬總統任內,是自1996年台灣開始總統民選以來,兩岸關係最為和平穩定的一段時期。這種穩定關係,直到馬卸任前,台灣在1994年爆發反對兩岸服務業貿易協定的太陽花學運,才又產生變化。蔡英文在馬英九之後當選總統,她在競選總統期間就拒絕接受九二共識,也沒有反對太陽花學運;當選總統後發表的就職演說中,維持此一與馬總統兩岸政策截然不同的政治立場,要以這樣的立場期盼兩岸維持彼此尊重,和平相處,自然是欠缺真實感的

第八章　結論

兩岸敘事。

賴清德總統在就職演說中的兩岸敘事，從期盼緩和兩岸緊張關係的角度而言，可以說是在五位民選總統中，最不具真實感的一次政策表述。賴總統在演說中不但未提九二共識或九二會談，也沒提兩岸人民關係條例，他稱對岸為中國，並表示台灣可以是國名，又再次提及蔡總統在 2021 年提出的中華民國與中華人民共和國互不隸屬說。在就職演說中，賴也批評中共的專制、對區域和平的破壞、對台灣的文攻武嚇、滲透威脅與併吞野心。在如此強硬及具有台獨意涵的敘事風格下，賴總統建議恢復兩岸觀光及開放大陸學位生來台就讀，顯然是不具真實感的所謂善意表示。中共在賴總統發表就職演說後，對台實施大規模圍台軍演，並嚴厲抨擊其台獨立場，驗證了筆者對賴總統兩岸敘事中，善意表達欠缺真實感的評斷。

最後，關於五位民選總統在就職演說中展現的道德或情感訴求，本研究發現，五篇演說中，都出現了道德或情感訴求。道德感主要體現於總統在演說中表達的強烈責任感。維護民主制度、追求清廉政治、要求行政效率，謙卑傾聽民意、銳意進行改革、繁榮國家經濟、拓展國際關係、期盼兩岸和平，可以說是五位民選總統在責任政治上的道德承諾。只不過，由於施政承諾多半只是空有口號，欠缺具體實施方案，使得承諾中蘊涵的道德感，缺少了一份真實感。至於情感訴求，五位民選總

統在講稿中,都多次使用「我們」一詞,應該是為了拉近總統與人民間的心理距離,也將人民的角色,由單純的選民,拉抬到與總統共創大業的合作夥伴高度。另外,陳水扁總統和賴清德總統在演說中,都對大地震中的受難者表示哀悼之意;馬英九總統感謝台灣人民接受他的外省籍背景,蔡英文總統對台灣原住民表達了關懷之意,這些敘事都可以引發聽者的正面情感反應,是很典型的情感訴求模式。

總結而言,完成對台灣五位民選總統就職演說的敘事批評後,本研究得出以下幾項通則性質的發現:

1. 民選總統都會在就職演說中,讚揚台灣的民主成就;但對於總統民選的民主意涵,可能有未盡相同的詮釋重點。

2. 民選總統在就職演說中,通常以民主、繁榮、和平、發展、改革、創新,做為維繫演說敘事具一致性的主題。

3. 民選總統在就職演說的敘事中,通常會出現的主要角色包括:總統自己、新政府團隊、台灣人民、國際組織或國際人士、以及中共政權。前四種角色在演說敘事中,都前後一致地扮演可以促進台灣民主發展、繁榮進步、走向世界的英雄角色;中共則是被描述成可以被期盼與台灣和平共處、共存共榮的角色。唯一例外是,賴清德總統雖也對中共有所期待,但更多的是對中共發出非常強烈的指控與負面批評。

第八章　結論

4. 民選總統在就職演說中,都會對其帶領下的台灣,提出美好的承諾與願景;但在提出承諾時,多半沒有提出較具體的實施方案,使美麗的承諾,聽起來像是欠缺敘事真實感的空洞口號。
5. 民選總統在就職演說中,都會特別提出有關兩岸議題的敘事。除了馬英九總統以他自己及中共領導人都能接受的九二共識,做為促進兩岸和平互動的基礎,因而讓馬總統的兩岸敘事較具真實感外,其他四位民選總統的兩岸敘事,都忽視中共對台政策的若干堅守原則,因而使這四位民選總統的兩岸敘事中,對中共的期待,顯得真實感不足。
6. 民選總統在就職演說中,都會提出道德或情感訴求。道德感主要體現在總統會帶領國家更民主、更繁榮、更進步、更安全的施政承諾中。情感訴求有不同的表達方式,或許是拉近總統與人民間的心理距離;也可能是對特定弱勢族群的關懷,或是對重大災難中受難者的哀悼,並對其家屬表示慰問。

　　上述發現也說明了,用敘事批評法來觀察台灣五位民選總統的就職演說內容,確實可以看出,在這類重要的演說稿中,可能運用的語藝策略通則。這應該是本研究在敘事批評領域中的主要貢獻。從研究發現中可以得知,以總統就職演說而言,演說者的性格或政治理念即使各不相同,演說稿的文類特質,

以及演說發生時的情境因素，已經對演說者可以採用的語藝策略形成一些傳統的選擇模式。如果突破了這個傳統，如賴清德總統發表的兩岸敘事，就可能引發極大的爭議，或帶來更嚴重的負面後續效應。

最後，筆者在本書結尾要再次提醒讀者，本研究的目的，不在於檢視自 1996 年台灣開始總統直接民選以來，五位民選總統在就職演說中的各項承諾，是否都能一一兌現；也不在於用任何標準，評判這五位總統的施政表現。筆者只是基於對敘事批評的學術興趣，將其運用於觀察台灣這五位民選總統，究竟在就職演說中，運用了哪些敘事策略，以及在這些策略中，是否存在某些通則。之所以只看五位政治人物首次成為民選總統後發表的就職演說，是基於筆者假設，他們初次成為民選總統時，對於治理國政會有最大的抱負、最強的使命感，以及最大的心理壓力。若果真如此，他們應該會對初任民選總統時，就職演說中的敘事策略，有最大程度的講究與斟酌，因此，這五位篇演講稿，也就具有最大的語藝分析價值。當然，今天來回顧這五位政治人物在初登民選總統大位時發表的就職演說，可以從其中看到他們剛承擔重責大任時的治國理想與初心；至於說台灣近 30 年來的發展，是否都如五位總統初心所望；國家發展至此，誰又要負最大的責任，就要由各位讀者自行判斷，並留待史家的評鑑了！

第八章 結論

參考資料

- Baldwin, J. R., Perry, S. D., & Moffitt, M. A. (2004). Communication theories for everyday life. Boston, MA: Alan and Bacon.
- Bundick, M. (2008). The strategic rhetoric of a president: A narrative criticism of president George W. Bush's second Republican party nomination acceptance speech. Student Papers and Presentations. Paper 2.
- Burke, K. (1968). Definition of man. In K. Burke, Language as action: Essays on life, literature, and method. Berkeley, CA: University of California Plus.
- Darsey, J. (2009). Barack Obama and America's journey. Southern Communication Journal, Vol. 74 (1), pp. 88-103.
- Dorsey, L.G. & Halow, R. M. (2003). "we want Americans pure and simple": Theodore Roosevelt and the myth of Americanism. Rhetoric & Public Affairs, Vol. 6 (1), pp. 55-78.

參考資料

- Fisher, W. R. (1984). Narration as a human communication paradigm: The case of public moral argument. Communication Monographs, Vol. 51.
- Fisher, W. R. (1987). Human communication as narration: Toward a philosophy of reason, value, and action. Columbia, SC: University of South Carolina Press.
- Fisher, W. R. (1989). Clarifying the narrative paradigm. Communication Monographs. Vol. 56, pp. 55-58.
- Foss, S. K. (2017). Rhetorical criticism: Exploration and practice.Long GroveIllinois, IL: Waveland Press.
- Kamler, H. (1983). Communication: Sharing our stories of experience. Seattle, WA: Psychological Press.
- Li, X. (2022). The Chinese Dream as cultural myth: A narrative analysis of president Xi Jinping's speech. Western Journal of Communication, Vol. 87 (5), pp. 879-897.
- MacIntyre, A. (1981). Uter virtue: A study m moral theory. Notre Dame: University of Notre Dame Press.
- Mumby, D. (1993). Narrative and social control: Critical perspectives. Newbury Park, CA: Sage Publications. Inc.

- Powell, M. A. (1991). What is narrative criticism? Minneapolis, MN: Fortress press.
- Smith, L. D. (1989). A narrative analysis of the party platforms: The Democrats and Republicans of 1984. Communication Quarterly, Vol. 37 (2), pp. 91-99.
- 游梓翔（2006）。領袖的聲音：兩岸領導人政治語藝批評。台北：五南圖書。
- 金珮君（2017）。以敘事批評觀點探討數位視覺敘事對歷史事件的分析：以台灣史系列為例。世新大學碩士論文。
- 張蓉君（2023）。後設語藝批評的建構與實踐：以蔡英文總統2021國慶演說為分析文本。世新大學博士論文。
- 張廣祺（2013）。小英的故事：以敘事批評分析蔡英文「非典型」風格。台灣師範大學碩士論文。
- 劉嘉峻（2020）。林摶秋推理類型文本的敘事批評分析。台灣師範大學碩士論文。
- 鍾凱晴（2020）。以敘事批評觀點分析台灣外籍移工議題紀錄片《快跑三十六小時》。世新大學碩士論文。

参考資料

附錄一：李登輝總統就職演說全文（1996 年 5 月 20 日）

總統就職演說

中華民國 85 年 05 月 19 日

中華民國第九任總統李登輝先生，將於明天宣誓就職，並發表就職演說。

總統就職演說全文為：

各位遠道而來的友邦元首、各位特使、外交團的各位使節、各位貴賓、各位親愛的父老兄弟姐妹：

今天，我們相聚一堂，在廣大同胞的面前，以莊嚴歡欣的心情，舉行慶祝就職大會。這個盛會，不僅是中華民國第九任總統、副總統任期的開始，更是國家前途與民族命運嶄新的開端。

今天，兩千一百三十萬同胞，正式邁進「主權在民」的新時代。

今天，中華民族進入一個充滿希望的新境界。

今天，在臺灣的我們，以無比的驕傲與自信，堅定地告訴全世界：

附錄一：李登輝總統就職演說全文（1996年5月20日）

我們已經成功地站上民主興革的高峰，且將屹立不搖！

我們已經清楚地證明中國人有能力施行民主制度，運用民主政治！

我們已經有效地擴大了國際民主陣營的力量，對全人類的自由民主，做出了積極的貢獻！

所以，今天的這個慶典，不是為了慶祝任何一個候選人的勝利，不是為了慶祝任何一個政黨的勝利，而是為了慶祝我們兩千一百三十萬同胞追求民主的共同勝利！是為了人類最基本的價值—自由與尊嚴，在臺澎金馬獲得肯定而歡呼！

親愛的全國同胞們：民主的大門已經全然開啟，民主的活力正沛然奔放。今天最應該接受喝采的是每一位中華民國的國民。

喝采大家思考國家的未來，如此果斷，毫不猶豫。

喝采大家捍衛民主的決心，如此堅定，毫不動搖。

喝采大家面臨強權的威脅，如此鎮靜，毫不屈服。

從此，統治國家的權力屬於人民全體，不是個人、不是政黨。這是「自由意志」的充分發揮，是「主權在民」的完全落實，是真正的「順乎天，應乎人」，真正的革故鼎新。一切的榮耀，歸於所有的人民。

各位親愛的父老兄弟姊妹：在這個歷史的新起點，我們要

以新的決心、新的作為,開展新的時代。這裡是我們共同的家園,是我們生存奮鬥的根本憑藉。五十年來的禍福相共,已經讓我們成為密不可分的生命共同體;而第一次由人民直選總統,更讓我們確立了以臺灣為主體的奮鬥意識。

如何讓這塊土地更美麗,讓生活在這裡的人民更安全、更和諧、更幸福,是兩千一百三十萬同胞的共同責任!

「民之所欲,長在我心」,登輝對全國同胞的需求,有充分的領會,也一定會全力以赴,達成付託。然而,影響國家發展深遠的重大政策,不是由一個人或一個政黨就可以決定。因此,登輝將儘快責成政府,針對國家未來發展的重要課題,廣邀各界意見領袖與代表,共商大計,建立共識,開創國家新局。

競選活動雖已結束,但是競選時所作的承諾,一定要切實信守,早日實現。要建設一個現代化國家,有賴各方人才的投入。為追求政局的安定與國力的壯大,登輝認為,政府決策階層的工作,也要不分黨派,不分族群,延攬各界品德良好,能力卓越,見識宏遠,經驗豐富的人才,來擴大參與。

時代已經改變,社會環境也在變。墨守成規,不思突破,注定將被淘汰。我們不能用權謀的眼光,推度政治互動;不能以私利的考量,決定政治立場。打鬧不能代表民意,杯葛也並非就是制衡。我們所追求的民主政治理想,除了有效的監督制衡之外,也要力求不同黨派能夠為了民眾福祉,共同攜手奮進。

附錄一：李登輝總統就職演說全文（1996年5月20日）

四年的時光，轉眼就會過去，我們沒有時間可以猶疑，也沒有時間可以等待。為了國家長治久安的基礎，為了後代幸福安樂的未來，就在今天—中華民國八十五年五月二十日起，我們要有一個積極的開始。

首先，我們要提升民主運作的廣度與深度。以廣度而言，我們要與海內外所有的中國人及國際人士，分享民主經驗。以深度而言，我們必須推動第二階段的憲政改革，澄清選舉文化，強化廉能政府，改善社會治安，調整政治生態，落實政黨政治，以確保民主政治的穩定與發展。

經濟發展與政治民主，同等重要。沒有成功的經濟發展，我們會失去一切。為了厚植國家實力，讓中華民國能在國際社會，以至未來國家統一的過程中，扮演舉足輕重的角色，我們必須依據既定時程，如期發展台灣成為「亞太營運中心」，並且同步規劃推動跨世紀的國家建設，儘速營造自由化與國際化的經濟體系，建設低稅負、無障礙的企業投資環境，改革土地制度，壯大中小企業，提升國家競爭力，以迎向互利共榮的亞太新世紀，成為國際繁榮發展不可或缺的重要夥伴。

為求均衡發展，我們也將致力內政的革新，並以司法、教育、文化與社會重建為重點，同步並進。

司法改革首要強化法治精神，尤其要站在人民的立場，落實司法審判的公平，真正做到法律之前，人人平等。法治精神

是民主政治的基礎,如果司法審判不能受到人民充分的信賴,民主政治勢必受到嚴重的斲傷。司法改革也絕對不輕忽任何基本人權,包括受刑人及涉訟人在內,均應得到完整的尊重。對於審檢體系的清廉與效率,更要痛下決心,具體改善。

教育改革的重點,則在實踐快樂、滿足、多元,相互尊重的教育理念,以啟發潛能、尊重人本、發展個性、鼓勵創造為目標,解除不合理的束縛,建立終生學習的制度,讓個人創意與特性有充分發揮的空間,不斷追求自我的成長與實現。我們要導引新生的一代,認識自己的鄉土,熱愛自己的國家,培養寬廣的國際視野,以在競爭日益激烈的「地球村」中,順利迎接國際挑戰,開拓國家光明前景。

全國同胞們:中華民族能歷五千年而不墜,端賴優秀文化的維繫。然而自十九世紀中葉以來,中華文化在西方文明的強烈衝擊下,備經危疑震撼,致使部分國人的信心動搖,國勢低落。所以,登輝無時無刻不在思考文化的重建與新生。希望在台灣地區的同胞,能建立新的生活文化,培養長遠宏大的人生價值觀,並以我國浩瀚的文化傳統為基礎,汲取西方文化精髓,融合而成新的中華文化,以適應進入二十一世紀後的國內外新環境。

這也就是「經營大台灣,建立新中原」的理念所在。環顧世界文明史上的幾個重要文化,大都發源於一個小的地域,中華

附錄一：李登輝總統就職演說全文（1996年5月20日）

民族五千年優秀文化，也起源於中原一隅之地。台灣位於大陸文化與海洋文化的匯集點，近數十年來，因時局變化機緣，不但充分保存固有文化傳統，並且廣泛接觸西方民主、科學及現代工商業社會文化。再加上台灣的教育水準與發展程度，遠超越中國其他地區，勢必逐漸發揮文化主導功能，進而擔負起文化「新中原」的重任。

大台灣的經營，不僅在培育新文化，更在重建新社會。隨著政治的民主開放，台灣社會已呈現蓬勃的多元化景象。我們要運用多元化所釋放的活力，孕育新的社會生命力量，帶動社會的發展與進步。

我們要從基層開始，重振家庭倫理，建立社區意識，確立和諧感通的新社會，使民眾能真正享有家園生活之樂。我們也將從永續發展的觀點，提倡節約簡樸。珍惜現有資源，妥善規劃國土利用，加強生態環境保育，讓後代子孫永遠保有鄉土之美。我們更將本著促進社會和諧與維護人格尊嚴的原則，加強關懷照顧弱勢團體，並依據財政負擔的能力，循序建立均衡公平、可長可久的社會安全制度，讓全民享有免於匱乏的自由。

當然，我們全心全力在臺灣建設中華民國的同時，也不會忘記海外的中國人。我們將盡全力，繼續協助華僑在海外的發展。而港澳地區同胞的生活福祉，更是我們關懷的重點。我們將隨時伸出相互扶持的手，共同維護此一地區的民主、自由、

繁榮。

今天，中華民國在臺灣的生存與發展，已受到國際社會的肯定與尊重。在新的國際秩序之中，講求民主、尊重人權、崇尚和平、拋棄武力是共同遵守的信條，這與我們的立國精神，正相一致。因此，我們將秉持善意，依循互利的原則，繼續推動務實外交，使我們兩千一百三十萬同胞，擁有必要的生存與發展空間，並進一步在國際社會中獲得應有的尊敬與待遇。

各位親愛的父老兄弟姊妹：二十世紀的中國，是一個苦難的國家。先是外患不斷，而後，五十年來，又因意識形態的不同，造成「中國人打中國人」的悲劇，積累了同胞手足間的對立與仇恨。登輝一向主張，在邁進二十一世紀的前夕，海峽雙方都應致力結束歷史的悲劇，開創「中國人幫中國人」的新局。

因此，六年來，在確保臺澎金馬安全與維護全民福祉的前提下，我們無時不以積極主動的作為，務實雙贏的思考，發展兩岸關係，推進國家統一大業。但是，由於中共始終無視於中華民國在臺澎金馬地區存在的事實，致使海峽兩岸關係的發展，時生波折。

去年以來，為了反對民主，中共對登輝個人發動一波又一波「欲加之罪、何患無辭」的誣衊，但是登輝忍辱負重，不予理會。因為以其人之道還治其人，解決不了累積五十年的歷史問題。

附錄一：李登輝總統就職演說全文（1996年5月20日）

為了影響我們第一次民選總統的選情，中共進行一次又一次的軍事演習，但是我們表現了無比的自制。因為我們知道必須維持亞太地區的和平安定，更重要的是，我們不願意看到中國大陸改革開放後，好不容易建立起來的經濟成果，前功盡棄。兩千一百三十萬同胞的堅忍，不是懦弱。因為我們深信，和平寬容是化解對立仇恨的唯一手段。我們不會受威脅而談判，但是絕不畏懼談判。我們主張，只有透過對談溝通，才能真正解決海峽兩岸的問題。

中華民國本來就是一個主權國家。海峽兩岸沒有民族與文化認同問題，有的只是制度與生活方式之爭。在這裡，我們根本沒有必要，也不可能採行所謂「臺獨」的路線。四十多年來，海峽兩岸因為歷史因素，而隔海分治，乃是事實；但是海峽雙方都以追求國家統一為目標，也是事實。兩岸唯有面對這些事實，以最大的誠意與耐心，進行對談溝通，化異求同，才能真正解決國家統一的問題，謀求中華民族的共同福祉。

今天，登輝要鄭重呼籲：海峽兩岸，都應該正視處理結束敵對狀態這項重大問題，以便為追求國家統一的歷史大業，作出關鍵性的貢獻。在未來，只要國家需要，人民支持，登輝願意帶著兩千一百三十萬同胞的共識與意志，訪問中國大陸，從事和平之旅。同時，為了打開海峽兩岸溝通、合作的新紀元，為了確保亞太地區的和平、安定、繁榮，登輝也願意與中共最

高領導當局見面，直接交換意見。

　　全國同胞們：今天我們在台灣實現了中國人的夢想！二十世紀的中國人，奮力追求的是，建設富強康樂的新中國，與實踐中山先生「主權在民」的理想。五十年來，我們在臺澎金馬的艱苦奮鬥，創造了舉世矚目的「經濟奇蹟」，完成了世人推崇的民主改革。百年以前，在跨入二十世紀之初，曾被西方國家認定為專制、封建、貧窮、落後的中國人，已經在台澎金馬地區開創了民主、富足、進步的新局，傲然面對世人的讚譽。這不但是我們兩千一百三十萬同胞共同的光榮，更是中華民族振衰起敝，再創新機運的關鍵。我們相信，同樣是中華民族的一份子，在臺灣做得到的，在中國大陸也可以做到。因此，我們願意以建設的經驗，導引中國大陸發展的方向，以進步的成果，協助億萬同胞改善生活福祉，進而集合兩岸中國人之力，共謀中華民族的繁榮與發展！

　　各位親愛的父老兄弟姊妹：登輝要再度對同胞們給予的信賴，表示衷心的感激。今天，登輝以謙卑嚴肅的心情，在宣誓儀式中，接下中華民國第九任總統的重任。我充分瞭解這項職務的意義所在，也完全明白其所包含的責任，我保證將全力以赴，克盡職守，不負國人厚望；同時，也懇求全國同胞真誠、無私、寬容地支持，讓我們能攜手並進，昂然邁向廿一世紀！登輝深信，在二十一世紀，中國人必能完成和平統一的歷史大

附錄一：李登輝總統就職演說全文（1996 年 5 月 20 日）

業，為世界和平與發展，善盡更大的心力！

敬祝中華民國國運昌隆！各位貴賓健康愉快！

謝謝大家！

附錄二：陳水扁總統就職演說全文
（2000年5月20日）

各位友邦元首、各位貴賓、各位親愛的海內外同胞：

這是一個光榮的時刻，也是一個莊嚴而充滿希望的時刻。

感謝遠道而來的各位嘉賓，以及全世界熱愛民主、關心台灣的朋友，與我們一起分享此刻的榮耀。

我們今天在這裡，不只是為了慶祝一個就職典禮，而是為了見證得來不易的民主價值，見證一個新時代的開始。

在二十一世紀來臨的前夕，台灣人民用民主的選票完成了歷史性的政黨輪替。這不僅是中華民國歷史上的第一次，更是全球華人社會劃時代的里程碑。台灣不只為亞洲的民主經驗樹立了新典範，也為全世界第三波的民主潮流增添了一個感人的例證。

中華民國第十任總統選舉的過程讓全世界清楚的看到，自由民主的果實如此得來不易。兩千三百萬人民以無比堅定的意志，用愛弭平敵意、以希望克服威脅、用信心戰勝了恐懼。

我們用神聖的選票向全世界證明，自由民主是顛撲不滅的

附錄二：陳水扁總統就職演說全文（2000年5月20日）

普世價值，追求和平更是人類理性的最高目標。

公元 2000 年台灣總統大選的結果，不是個人的勝利或政黨的勝利，而是人民的勝利、民主的勝利。因為，我們在舉世注目的焦點中，一起超越了恐懼、威脅和壓迫，勇敢的站起來！

台灣站起來，展現著理性的堅持和民主的信仰。

台灣站起來，代表著人民的自信和國家的尊嚴。

台灣站起來，象徵著希望的追求和夢想的實現。

親愛的同胞，讓我們永遠記得這一刻，永遠記得珍惜和感恩，因為民主的成果並非憑空而來，而是走過艱難險阻、歷經千辛萬苦才得以實現。如果沒有民主前輩們前仆後繼的無畏犧牲、沒有千萬人民對於自由民主的堅定信仰，我們今天就不可能站在自己親愛的土地上，慶祝這一個屬於全民的光榮盛典。

今天，我們彷彿站在一座嶄新的歷史門前。台灣人民透過民主錘鍊的過程，為我們共同的命運打造了一把全新的鑰匙。新世紀的希望之門即將開啟。我們如此謙卑，但絕不退縮。我們充滿自信，但沒有絲毫自滿。

從三月十八日選舉結果揭曉的那一刻開始，阿扁以最嚴肅而謙卑的心情接受全民的付託，誓言必將竭盡個人的心力、智慧和勇氣，來承擔國家未來的重責大任。

個人深切的瞭解，政黨輪替、政權和平轉移的意義絕對不

只是「換人換黨」的人事更替,更不是「改朝換代」的權力轉移,而是透過民主的程序,把國家和政府的權力交還給人民。人民才是國家真正的主人,不是任何個人或政黨所能佔有;政府是為人民而存在的,從國家元首到基層公務員都是全民的公僕。

政黨輪替並不代表對於過去的全盤否定。歷來的執政者為國家人民的付出,我們都應該給予公正的評價。李登輝先生過去十二年主政期間所推動的民主改革與卓越政績,也應該獲得國人最高的推崇與衷心的感念。

在選舉的過程中,台灣社會高度動員、積極參與,儘管有不同的主張和立場,但是每一個人為了政治理念和國家前途挺身而出的初衷是一樣的。我們相信,選舉的結束是和解的開始,激情落幕之後應該是理性的抬頭。在國家利益與人民福祉的最高原則之下,未來不論是執政者或在野者,都應該能不負人民的付託、善盡本身的職責,實現政黨政治公平競爭、民主政治監督制衡的理想。

一個公平競爭、包容信任的民主社會,是國家進步的最大動能。在國家利益高於政黨利益的基礎之上,我們應該凝聚全民的意志與朝野的共識,著手推動國家的進步改革。

「全民政府、清流共治」是阿扁在選舉期間對人民的承諾,也是台灣社會未來要跨越斷層、向上提升的重要關鍵。

「全民政府」的精神在於「政府是為人民而存在的」,人民是

附錄二：陳水扁總統就職演說全文（2000 年 5 月 20 日）

國家的主人和股東，政府的施政必須以多數的民意為依歸。人民的利益絕對高於政黨的利益和個人的利益。

阿扁永遠以身為民主進步黨的黨員為榮，但是從宣誓就職的這一刻開始，個人將以全部的心力做好「全民總統」的角色。正如同全民新政府的組成，我們用人唯才、不分族群、不分性別、不分黨派，未來的各項施政也都必須以全民的福祉為目標。

「清流共治」的首要目標是要掃除黑金、杜絕賄選。長期以來，台灣社會黑白不分、黑道金權介入政治的情況已經遭致台灣人民的深惡痛絕。基層選舉買票賄選的文化，不僅剝奪了人民「選賢與能、當家作主」的權利，更讓台灣的民主發展蒙上污名。

今天，阿扁願意在此承諾，新政府將以最大的決心來消除賄選、打擊黑金，讓台灣社會徹底擺脫向下沈淪的力量，讓清流共治向上提升，還給人民一個清明的政治環境。

在活力政府的改造方面，面對日益激烈的全球化競爭，為了確保台灣的競爭力，我們必須建立一個廉潔、效能、有遠見、有活力、有高度彈性和應變力的新政府。「大有為」政府的時代已經過去，取而代之的應該是與民間建立夥伴關係的「小而能」政府。我們應該加速精簡政府的職能與組織，積極擴大民間扮演的角色。如此不僅可以讓民間的活力盡情發揮，也能大幅減輕政府的負擔。

同樣的夥伴關係也應該建立在中央與地方政府之間。我們要打破過去中央集權又集錢的威權心態，落實「地方能做、中央不做」的地方自治精神，讓地方與中央政府一起共享資源、一起承擔責任。無論東西南北、不分本島離島，都能夠獲得均衡多元的發展，拉近城鄉之間的距離。

當然，我們也應該瞭解，政府不是一切問題的答案，人民才是經濟發展與社會進步的原動力。過去半個世紀以來，台灣人民靠著胼手胝足的努力創造了舉世稱羨的經濟奇蹟，也奠定了中華民國生存發展的命脈。如今，面對資訊科技日新月異以及貿易自由化的衝擊，台灣的產業發展必然要走向知識經濟的時代，高科技的產業必須不斷創新，傳統的產業也必然要轉型升級。

未來的政府並不一定要繼續扮演過去「領導者」和「管理者」的角色，反而應該像民間企業所期待的，政府是「支援者」和「服務者」。現代政府的責任在於提高行政的效能、改善國內的投資環境、維持金融秩序與股市的穩定，讓經濟的發展透過公平的競爭走向完全的自由化和國際化。循此原則，民間的活力自然能夠蓬勃興盛，再創下一個階段的經濟奇蹟。

除了鞏固民主的成果、推動政府的改造、提昇經濟的競爭力之外，新政府的首要施政目標應該是順應民意、厲行改革，讓這一塊土地上的人民生活得更有尊嚴、更有自信、更有品質。

附錄二：陳水扁總統就職演說全文（2000年5月20日）

讓我們的社會不僅安全、和諧、富裕，也要符合公平正義。讓我們的下一代在充滿希望與快樂的教育環境中學習，培養國民不斷成長的競爭力。

二十一世紀將是強調「生活者權利」、「精緻化生活」的時代。舉凡與人民生活息息相關的治安改善、社會福利、環保生態、國土規劃、垃圾處理、河川整治、交通整頓、社區營造等問題，政府都必須提出一套解決方案，並透過公權力徹底加以落實。

當前我們必須立即提昇的是治安改善與環境保護這兩大生活品質的重要指標。建立社會新秩序，讓所有的老百姓都能安居樂業，生活沒有恐懼。在生態保育與經濟發展之間取得相容的平衡點，讓台灣成為永續發展的綠色矽島。

司法的尊嚴是民主政治與社會正義的堅強防線。一個公正、獨立的司法體系不僅是社會秩序的維護者，也是人民權益的捍衛者。目前司法的改革還有一段很長的路要走，國人必須繼續給予司法界嚴格的督促與殷切的期盼，在此同時，我們也應該節制行政權力，還給司法獨立運作、不受干擾的空間。

台灣最重要的資源是人力的資源，人才是國家競爭力的根本，教育是「藏富於民」的百年大計。我們將儘速凝聚朝野、學界與民間的共識，持續推動教改的希望工程，建立健康、積極、活潑、創新的教育體制，使台灣在激烈的國際競爭力之

下,源源不斷地培育一流、優秀的人才。讓台灣社會逐漸走向「學習型組織」和「知識型社會」,鼓舞人民終身學習、求新求變,充分發揮個人的潛力與創造力。

目前在全國各地普遍發展的草根性社區組織,包括對地方歷史、人文、地理、生態的探索和維護,展現了人文台灣由下而上的民間活力。不管是地方文化、庶民文化或者精緻文化,都是台灣文化整體的一部份。台灣因為特殊的歷史與地理緣故,蘊含了最豐美多樣的文化元素,但是文化建設無法一蹴可幾,而是要靠一點一滴的累積。我們必須敞開心胸、包容尊重,讓多元族群與不同地域的文化相互感通,讓立足台灣的本土文化與華人文化、世界文化自然接軌,創造「文化台灣、世紀維新」的新格局。

去年發生的九二一大地震,讓我們心愛的土地和同胞歷經前所未有的浩劫,傷痛之深至今未能癒合。新政府對於災區的重建工作刻不容緩,包括產業的復甦和心靈的重建,必須做到最後一人的照顧、最後一處的重建完成為止。在此,我們也要對於災後救援與重建過程中,充滿大愛、無私奉獻的所有個人與民間團體,再次表達最高的敬意。在大自然的惡力中,我們看到了台灣最美的慈悲、最強的信念、最大的信任!九二一震災讓同胞受傷跌倒,但是在「志工台灣」的精神中,台灣新家庭一定會重新堅強的站起來!

附錄二：陳水扁總統就職演說全文（2000 年 5 月 20 日）

親愛的同胞，四百年前，台灣因為璀麗的山川風貌被世人稱為「福爾摩沙 —— 美麗之島」。今天，因為這一塊土地上的人民所締造的歷史新頁，台灣重新展現了「民主之島」的風采，再次吸引了全世界的目光。

我們相信，以今日的民主成就加上科技經貿的實力，中華民國一定可以繼續在國際社會中扮演不可或缺的角色。除了持續加強與友邦的實質外交關係之外，我們更要積極參與各種非政府的國際組織。透過人道關懷、經貿合作與文化交流等各種方式，積極參與國際事務，擴大台灣在國際的生存空間，並且回饋國際社會。

除此之外，我們也願意承諾對於國際人權的維護做出更積極的貢獻。中華民國不能也不會自外於世界人權的潮流，我們將遵守包括「世界人權宣言」、「公民與政治權利國際公約」以及維也納世界人權會議的宣言和行動綱領，將中華民國重新納入國際人權體系。

新政府將敦請立法院通過批准「國際人權法典」，使其國內法化，成為正式的「台灣人權法典」。我們希望實現聯合國長期所推動的主張，在台灣設立獨立運作的國家人權委員會，並且邀請國際法律人委員會和國際特赦組織這兩個卓越的非政府人權組織，協助我們落實各項人權保護的措施，讓中華民國成為二十一世紀人權的新指標。

我們堅信，不管在任何一個時代、在地球的任何一個角落，自由、民主、人權的意義和價值都不能被漠視或改變。

二十世紀的歷史留給人類一個最大的教訓，那就是——戰爭是人類的失敗。不論目的何在、理由多麼冠冕堂皇，戰爭都是對自由、民主、人權最大的傷害。

過去一百多年來，中國曾經遭受帝國主義的侵略，留下難以抹滅的歷史傷痕。台灣的命運更加坎坷，曾經先後受到強權的欺凌和殖民政權的統治。如此相同的歷史遭遇，理應為兩岸人民之間的相互諒解，為共同追求自由、民主、人權的決心，奠下厚實的基礎。然而，因為長期的隔離，使得雙方發展出截然不同的政治制度和生活方式，從此阻斷了兩岸人民以同理心互相對待的情誼，甚至因為隔離而造成了對立的圍牆。

如今，冷戰已經結束，該是兩岸拋棄舊時代所遺留下來的敵意與對立的時候了。我們無須再等待，因為此刻就是兩岸共創和解時代的新契機。

海峽兩岸人民源自於相同的血緣、文化和歷史背景，我們相信雙方的領導人一定有足夠的智慧與創意，秉持民主對等的原則，在既有的基礎之上，以善意營造合作的條件，共同來處理未來「一個中國」的問題。

本人深切瞭解，身為民選的中華民國第十任總統，自當恪遵憲法，維護國家的主權、尊嚴與安全，確保全體國民的福

附錄二：陳水扁總統就職演說全文（2000年5月20日）

祉。因此，只要中共無意對台動武，本人保證在任期之內，不會宣佈獨立，不會更改國號，不會推動兩國論入憲，不會推動改變現狀的統獨公投，也沒有廢除國統綱領與國統會的問題。

歷史證明，戰爭只會引來更多的仇恨與敵意，絲毫無助於彼此關係的發展。中國人強調王霸之分，相信行仁政必能使「近者悅、遠者來」、「遠人不服，則修文德以來之」的道理。這些中國人的智慧，即使到了下一個世紀，仍然是放諸四海皆準的至理名言。

大陸在鄧小平先生與江澤民先生的領導下，創造了經濟開放的奇蹟；而台灣在半個世紀以來，不僅創造了經濟奇蹟，也締造了民主的政治奇蹟。在此基礎上，兩岸的政府與人民若能多多交流，秉持「善意和解、積極合作、永久和平」的原則，尊重人民自由意志的選擇，排除不必要的種種障礙，海峽兩岸必能為亞太地區的繁榮與穩定做出重大的貢獻，也必將為全體人類創造更輝煌的東方文明。

親愛的同胞，我們多麼希望海內外的華人都能親身體驗、共同分享這一刻的動人情景。眼前開闊的凱達格蘭大道，數年之前仍然戒備森嚴；在我身後的這棟建築，曾經是殖民時代的總督府。今天，我們齊聚在這裡，用土地的樂章和人民的聲音來歌頌民主的光榮喜悅。如果用心體會，海內外同胞應該都能領悟這一刻所代表的深遠意義──

威權和武力只能讓人一時屈服，民主自由才是永垂不朽的價值。

　　唯有服膺人民的意志，才能開拓歷史的道路、打造不朽的建築。

　　今天，阿扁以一個佃農之子、貧寒的出身，能夠在這一塊土地上奮鬥成長，歷經挫折與考驗，終於贏得人民的信賴，承擔起領導國家的重責大任。個人的成就如此卑微，但其中隱含的寓意卻彌足可貴。因為，每一位福爾摩沙的子民都和阿扁一樣，都是「台灣之子」。不論在多麼艱困的環境中，台灣都像至愛無私的母親，從不間斷的賜予我們機會，帶領我們實現美好的夢想。

　　台灣之子的精神啟示著我們：儘管台澎金馬只是太平洋邊的蕞爾小島，只要兩千三百萬同胞不畏艱難、攜手向前，我們夢想的地圖將會無限遠大，一直延伸到地平線的盡頭。

　　親愛的同胞，這一刻的光榮屬於全體人民，所有的恩典都要歸於台灣——我們永遠的母親。讓我們一起對土地感恩、向人民致敬。自由民主萬歲！

　　台灣人民萬歲！

　　敬祝中華民國國運昌隆！全國同胞和各位嘉賓健康愉快！

附錄二：陳水扁總統就職演說全文（2000 年 5 月 20 日）

附錄三：馬英九總統就職演說全文（2008 年 5 月 20 日）

各位友邦元首、各位貴賓、各位僑胞、各位鄉親父老、各位電視機前與網路上的朋友，大家早安，大家好！

一、二次政黨輪替的歷史意義

今年三月二十二日中華民國總統選舉，台灣人民投下了改變台灣未來的一票。今天，我們在這裡不是慶祝政黨或個人的勝利，而是一起見證，台灣的民主已經跨越了一個歷史性的里程碑。

我們的民主走過了一段顛簸的道路，現在終於有機會邁向成熟的坦途。在過去這一段波折的歲月裡，人民對政府的信賴跌到谷底，政治操作扭曲了社會的核心價值，人民失去了經濟安全感，台灣的國際支持也受到空前的折損。值得慶幸的是，跟很多年輕的民主國家相比，我們民主成長的陣痛期並不算長，台灣人民卻能展現日趨成熟的民主風範，在關鍵時刻，作出明確的抉擇：人民選擇政治清廉、經濟開放、族群和諧、兩岸和平與迎向未來。

附錄三：馬英九總統就職演說全文（2008年5月20日）

尤其重要的是，台灣人民一同找回了善良、正直、勤奮、誠信、包容、進取這一些傳統的核心價值。這一段不平凡的民主成長經驗，讓我們獲得了「台灣是亞洲和世界民主的燈塔」的讚譽，值得所有台灣人引以為傲。顯然，中華民國已經成為一個受國際社會尊敬的民主國家。

不過，我們不會以此自滿。我們要進一步追求民主品質的提升與民主內涵的充實，讓台灣大步邁向「優質的民主」：在憲政主義的原則下，人權獲得保障、法治得到貫徹、司法獨立而公正、公民社會得以蓬勃發展。台灣的民主將不會再有非法監聽、選擇性辦案、以及政治干預媒體或選務機關的現象。這是我們共同的願景，也是我們下一階段民主改革的目標。

在開票當天，全球有數億的華人透過電視與網路的直播，密切關注選舉的結果。因為台灣是全球唯一在中華文化土壤中，順利完成二次政黨輪替的民主範例，是全球華人寄以厚望的政治實驗。如果這個政治實驗能夠成功，我們將為全球華人的民主發展作出史無前例的貢獻，這是我們無法推卸的歷史責任。

二、新時代的任務

未來新政府最緊迫的任務，就是帶領台灣勇敢地迎接全球化帶來的挑戰。當前全球經濟正處於巨變之中，新興國家迅速崛

起,我們必須快速提升台灣的國際競爭力,挽回過去流失的機會。當前全球經濟環境的不穩定,將是我們振興經濟必須克服的困難。但是,我們深信,只要我們的戰略正確、決心堅定,我們一定能達成我們的預定目標。

台灣是一個海島,開放則興盛、閉鎖則衰敗,這是歷史的鐵律。所以我們要堅持開放、大幅鬆綁、釋放民間的活力、發揮台灣的優勢;我們要引導企業立足台灣、聯結亞太、佈局全球;我們要協助勞工適應快速的科技變遷與產業調整;我們還要用心培育我們的下一代,讓他們具有健全人格、公民素養、國際視野與終身學習的能力,同時要排除各種意識形態對教育的不當干擾。我們在回應全球化挑戰的同時,一定要維護弱勢群體的基本保障與發展的機會,也一定要兼顧台灣與全球生態環境的永續經營。

新政府另外一項重要任務就是導正政治風氣,恢復人民對政府的信賴。我們將共同努力創造一個尊重人性、崇尚理性、保障多元、和解共生的環境。我們將促進族群以及新舊移民間的和諧,倡導政黨良性競爭,並充分尊重媒體的監督與新聞自由。

新政府將樹立廉能政治的新典範,嚴格要求官員的清廉與效能,並重建政商互動規範,防範金權政治的污染。我希望每一位行使公權力的公僕,都要牢牢記住「權力使人腐化,絕對的

附錄三：馬英九總統就職演說全文（2008年5月20日）

權力使人絕對的腐化」這一句著名的警語。我們將身體力行誠信政治，實踐國民黨「完全執政、完全負責」的政見。新政府所有的施政都要從全民福祉的高度出發，超越黨派利益，貫徹行政中立。我們要讓政府不再是拖累社會進步的絆腳石，而是領導台灣進步的發動機。

我堅信，中華民國總統最神聖的職責就是守護憲法。在一個年輕的民主國家，遵憲與行憲比修憲更重要。身為總統，我的首要任務就是樹立憲法的權威與彰顯守憲的價值。我一定會以身作則，嚴守憲政分際，真正落實權責相符的憲政體制。我們一定要做到：政府全面依法行政，行政院依法對立法院負責，司法機關落實法治人權，考試院健全文官體制，監察院糾彈違法失職。現在是我們建立優良憲政傳統的最好機會，我們一定要牢牢把握。

我們要讓台灣成為國際社會中受人敬重的成員。我們將以「尊嚴、自主、務實、靈活」作為處理對外關係與爭取國際空間的指導原則。中華民國將善盡她國際公民的責任，在維護自由經濟秩序、禁止核子擴散、防制全球暖化、遏阻恐怖活動、以及加強人道援助等全球議題上，承擔我們應負的責任。我們要積極參與亞太區域合作，進一步加強與主要貿易夥伴的經貿關係，全面融入東亞經濟整合，並對東亞的和平與繁榮作出積極貢獻。

我們要強化與美國這一位安全盟友及貿易夥伴的合作關係；我們也要珍惜邦交國的情誼，信守相互的承諾；我們更要與所有理念相通的國家和衷共濟，擴大合作。我們有防衛台灣安全的決心，將編列合理的國防預算，並採購必要的防衛性武器，以打造一支堅實的國防勁旅。追求兩岸和平與維持區域穩定，是我們不變的目標。台灣未來一定要成為和平的締造者，讓國際社會刮目相看。

　　英九由衷的盼望，海峽兩岸能抓住當前難得的歷史機遇，從今天開始，共同開啟和平共榮的歷史新頁。我們將以最符合台灣主流民意的「不統、不獨、不武」的理念，在中華民國憲法架構下，維持台灣海峽的現狀。一九九二年，兩岸曾經達成「一中各表」的共識，隨後並完成多次協商，促成兩岸關係順利的發展。英九在此重申，我們今後將繼續在「九二共識」的基礎上，儘早恢復協商，並秉持四月十二日在博鰲論壇中提出的「正視現實，開創未來；擱置爭議，追求雙贏」，尋求共同利益的平衡點。兩岸走向雙贏的起點，是經貿往來與文化交流的全面正常化，我們已經做好協商的準備。希望七月即將開始的週末包機直航與大陸觀光客來台，能讓兩岸關係跨入一個嶄新的時代。

　　未來我們也將與大陸就台灣國際空間與兩岸和平協議進行協商。台灣要安全、要繁榮、更要尊嚴！唯有台灣在國際上不被孤立，兩岸關係才能夠向前發展。我們注意到胡錦濤先生最近三

附錄三：馬英九總統就職演說全文（2008 年 5 月 20 日）

次有關兩岸關係的談話，分別是三月二十六日與美國布希總統談到「九二共識」、四月十二日在博鰲論壇提出「四個繼續」、以及四月二十九日主張兩岸要「建立互信、擱置爭議、求同存異、共創雙贏」，這些觀點都與我方的理念相當的一致。因此，英九願意在此誠懇的呼籲：兩岸不論在台灣海峽或國際社會，都應該和解休兵，並在國際組織及活動中相互協助、彼此尊重。兩岸人民同屬中華民族，本應各盡所能，齊頭並進，共同貢獻國際社會，而非惡性競爭、虛耗資源。我深信，以世界之大、中華民族智慧之高，台灣與大陸一定可以找到和平共榮之道。

英九堅信，兩岸問題最終解決的關鍵不在主權爭議，而在生活方式與核心價值。我們真誠關心大陸十三億同胞的福祉，由衷盼望中國大陸能繼續走向自由、民主與均富的大道，為兩岸關係的長遠和平發展，創造雙贏的歷史條件。

最近四川發生大地震，災情十分的慘重，台灣人民不分黨派，都表達由衷的關切，並願意提供即時的援助，希望救災工作順利，災民安置與災區重建早日完成。

三、台灣的傳承與願景

從宣誓就職的這一刻開始，英九深知個人已經肩負二千三百萬人民的付託，這是我一生最光榮的職務，也是我一生最重大的責任。英九雖然不是在台灣出生，但台灣是我成長

的故鄉，是我親人埋骨的所在。我尤其感念台灣社會對我這樣一個戰後新移民的包容之義、栽培之恩與擁抱之情。我義無反顧，別無懸念，只有勇往直前，全力以赴！

　　四百多年來，台灣這塊土地一直慷慨的接納著先來後到的移民，滋養、庇護著我們，提供我們及後代子孫安身立命的空間，並以高峻的山峰、壯闊的大海，充實、淬礪著我們的心靈。我們繼承的種種歷史文化，不但在這片土地上得到延續，更得到擴充與創新，進而開創出豐盛多元的人文風景。

　　中華民國也在台灣得到了新生。在我任內，我們將慶祝中華民國開國一百週年。這一個亞洲最早誕生的民主共和國，在大陸的時間只有三十八年，在台灣的歲月卻將超過一甲子。在這將近六十年間，中華民國與台灣的命運已經緊緊的結合在一起，共同經歷了艱難險阻與悲歡歲月，更在追求民主的曲折道路上，有了長足的進步。國父孫中山先生的民主憲政理想，當年在中國大陸沒有能夠實現，但今天在台灣終於生根、開花、結果。

　　面對台灣的未來，英九充滿了信心。多年來我走遍台灣各個角落，在與各行各業的互動當中，讓我感受最深刻的就是：地無分南北，人無分老幼，善良、正直、勤奮、誠信、包容、進取這一些傳統的核心價值，不但洋溢在台灣人的生活言行，也早已深植在台灣人的本性裡。這是台灣一切進步力量的泉源，

附錄三：馬英九總統就職演說全文（2008年5月20日）

也是「台灣精神」的真諦。

　　盱衡時局，環顧東亞，台灣擁有絕佳的地理位置、珍貴的文化資產、深厚的人文素養、日漸成熟的民主、活力創新的企業、多元和諧的社會、活躍海內外的民間組織、遍佈全球的愛鄉僑民，以及來自世界各地的新移民。只要我們秉持「台灣精神」，善用我們的優勢，並堅持「以台灣為主，對人民有利」的施政原則，我們一定可以將台澎金馬建設為舉世稱羨的樂土、我們引以為傲的美麗家園。

　　台灣的振興不只要靠政府的努力，更要靠人民的力量；需要借重民間的智慧、需要朝野協商合作、需要所有社會成員積極的投入。各位親愛的父老兄弟姊妹們，我們要從此刻開始，捲起袖子，立即行動，打造美麗家園，為子孫奠定百年盛世的基礎。讓我們心連心、手牽手，大家一起來奮鬥！

　　現在，請大家跟我一起高呼：

　　台灣民主萬歲！

　　中華民國萬歲！

附錄四：蔡英文總統就職演說全文（2016 年 5 月 20 日）

　　各位友邦的元首與貴賓、各國駐臺使節及代表、現場的好朋友，全體國人同胞，大家好：

感謝與承擔

　　就在剛剛，我和陳建仁已經在總統府裡面，正式宣誓就任中華民國第十四任總統與副總統。我們要感謝這塊土地對我們的栽培，感謝人民對我們的信任，以及，最重要的，感謝這個國家的民主機制，讓我們透過和平的選舉過程，實現第三次政黨輪替，並且克服種種不確定因素，順利度過長達四個月的交接期，完成政權和平移轉。

　　臺灣，再一次用行動告訴世界，作為一群民主人與自由人，我們有堅定的信念，去捍衛民主自由的生活方式。這段旅程，我們每一個人都參與其中。親愛的臺灣人，我們做到了。

　　我要告訴大家，對於一月十六日的選舉結果，我從來沒有其他的解讀方式。人民選擇了新總統、新政府，所期待的就是四個字：解決問題。此時此刻，臺灣的處境很困難，迫切需要

附錄四：蔡英文總統就職演說全文（2016年5月20日）

執政者義無反顧的承擔。這一點，我不會忘記。

我也要告訴大家，眼前的種種難關，需要我們誠實面對，需要我們共同承擔。所以，今天的演說是一個邀請，我要邀請全體國人同胞一起來，扛起這個國家的未來。

國家不會因為領導人而偉大；全體國民的共同奮鬥，才讓這個國家偉大。總統團結的不只是支持者，總統該團結的是整個國家。團結是為了改變，這是我對這個國家最深切的期待。在這裡，我要誠懇地呼籲，請給這個國家一個機會，讓我們拋下成見，拋下過去的對立，我們一起來完成新時代交給我們的使命。

在我們共同奮鬥的過程中，身為總統，我要向全國人民宣示，未來我和新政府，將領導這個國家的改革，展現決心，絕不退縮。

為年輕人打造一個更好的國家

未來的路並不好走，臺灣需要一個正面迎向一切挑戰的新政府，我的責任就是領導這個新政府。

我們的年金制度，如果不改，就會破產。

我們僵化的教育制度，已經逐漸與社會脈動脫節。

我們的能源與資源十分有限，我們的經濟缺乏動能，舊的代工模式已經面臨瓶頸，整個國家極需要新的經濟發展模式。

我們的人口結構急速老化，長照體系卻尚未健全。

我們的人口出生率持續低落,完善的托育制度始終遙遙無期。

我們環境汙染問題仍然嚴重。

我們國家的財政並不樂觀。

我們的司法已經失去人民的信任。

我們的食品安全問題,困擾著所有家庭。

我們的貧富差距越來越嚴重。

我們的社會安全網還有很多破洞。

最重要的,我要特別強調,我們的年輕人處於低薪的處境,他們的人生,動彈不得,對於未來,充滿無奈與茫然。

年輕人的未來是政府的責任。如果不友善的結構沒有改變,再多個人菁英的出現,都不足以讓整體年輕人的處境變好。我期許自己,在未來的任期之內,要一步一步,從根本的結構來解決這個國家的問題。

這就是我想為臺灣的年輕人做的事。雖然我沒有辦法立刻幫所有的年輕人加薪,但是我願意承諾,新政府會立刻展開行動。請給我們一點時間,也請跟我們一起走上改革的這一條路。

改變年輕人的處境,就是改變國家的處境。一個國家的年輕人沒有未來,這個國家必定沒有未來。幫助年輕人突破困境,實現世代正義,把一個更好的國家交到下一個世代手上,就是新政府重大的責任。

附錄四：蔡英文總統就職演說全文（2016年5月20日）

第一、經濟結構的轉型

要打造一個更好的國家，未來，新政府要做好幾件事。

首先，就是讓臺灣的經濟結構轉型。這是新政府所必須承擔的最艱鉅使命。我們不要妄自菲薄，更不要失去信心。臺灣有很多別的國家沒有的優勢，我們有海洋經濟的活力和韌性、務實可靠的工程師文化、完整的產業鏈、敏捷靈活的中小企業，以及，永不屈服的創業精神。

我們要讓臺灣經濟脫胎換骨，就必須從現在起就下定決心，勇敢地走出另外一條路。這一條路，就是打造臺灣經濟發展的新模式。

新政府將打造一個以創新、就業、分配為核心價值，追求永續發展的新經濟模式。改革的第一步，就是強化經濟的活力與自主性，加強和全球及區域的連結，積極參與多邊及雙邊經濟合作及自由貿易談判，包括TPP、RCEP等，並且，推動新南向政策，提升對外經濟的格局及多元性，告別以往過於依賴單一市場的現象。

除此之外，新政府相信，唯有激發新的成長動能，我們才能突破當前經濟的停滯不前。我們會以出口和內需作為雙引擎，讓企業生產和人民生活互為表裡，讓對外貿易和在地經濟緊密連結。

我們會優先推動五大創新研發計畫,藉著這些產業來重塑臺灣的全球競爭力。我們也要積極提升勞動生產力,保障勞工權益,讓薪資和經濟成長能同步提升。

　　這是臺灣經濟發展的關鍵時刻。我們有決心,也有溝通能力。我們已經有系統性的規劃,未來,會以跨部會聯手的模式,把整個國家的力量集結起來,一起來催生這個新模式。

　　在經濟發展的同時,我們不要忘記對環境的責任。經濟發展的新模式會和國土規劃、區域發展及環境永續,相互結合。產業的佈局和國土的利用,應該拋棄零碎的規畫,和短視近利的眼光。我們必須追求區域的均衡發展,這需要中央來規畫、整合,也需要地方政府充分發揮區域聯合治理的精神。

　　我們也不能再像過去,無止盡地揮霍自然資源及國民健康。所以,對各種汙染的控制,我們會嚴格把關,更要讓臺灣走向循環經濟的時代,把廢棄物轉換為再生資源。對於能源的選擇,我們會以永續的觀念去逐步調整。新政府會嚴肅看待氣候變遷、國土保育、災害防治的相關議題,因為,我們只有一個地球,我們也只有一個臺灣。

第二、強化社會安全網

　　新政府必須要承擔的第二件事情,就是強化臺灣的社會安全網。這些年,幾件關於兒少安全及隨機殺人的事件,都讓整

附錄四：蔡英文總統就職演說全文（2016年5月20日）

個社會震驚。不過，一個政府不能永遠在震驚，它必須要有同理心。沒有人可以替受害者家屬承受傷痛，但是，一個政府，尤其是第一線處理問題的人，必須要讓受害者以及家屬覺得，不幸事件發生的時候，政府是站在他們這一邊。

除了同理心之外，政府更應該要提出解決的方法。全力防止悲劇一再發生，從治安、教育、心理健康、社會工作等各個面向，積極把破洞補起來。尤其是治安與反毒的工作，這些事情，新政府會用最嚴肅的態度和行動來面對。

在年金的改革方面，這是攸關臺灣生存發展的關鍵改革，我們不應該遲疑，也不可以躁進。由陳建仁副總統擔任召集人的年金改革委員會，已經在緊鑼密鼓籌備之中。過去的政府在這個議題上，曾經有過一些努力。但是，缺乏社會的參與。新政府的做法，是發動一個集體協商，因為年金改革必須是一個透過協商來團結所有人的過程。

這就是為什麼，我們要召開年金改革國是會議，由不同階層、不同職業代表，在社會團結的基礎上，共同協商。一年之內，我們會提出可行的改革方案。無論是勞工還是公務員，每一個國民的退休生活都應該得到公平的保障。

另外，在長期照顧的議題上，我們將會把優質、平價、普及的長期照顧系統建立起來。和年金改革一樣，長照體系也是一個社會總動員的過程。新政府的做法是由政府主導和規劃，

鼓勵民間發揮社區主義的精神，透過社會集體互助的力量，來建構一套妥善而完整的體系。每一個老年人都可以在自己熟悉的社區，安心享受老年生活，每一個家庭的照顧壓力將會減輕。照顧老人的工作不能完全讓它變成自由市場。我們會把責任扛起來，按部就班來規劃與執行，為超高齡社會的來臨，做好準備。

第三、社會的公平與正義

新政府要承擔的第三件事情，就是社會的公平與正義。在這個議題上，新政府會持續和公民社會一起合作，讓臺灣的政策更符合多元、平等、開放、透明、人權的價值，讓臺灣的民主機制更加深化與進化。

新的民主機制要能夠上路，我們必須先找出面對過去的共同方法。未來，我會在總統府成立真相與和解委員會，用最誠懇與謹慎的態度，來處理過去的歷史。追求轉型正義的目標是在追求社會的真正和解，讓所有臺灣人都記取那個時代的錯誤。

我們將從真相的調查與整理出發，預計在三年之內，完成臺灣自己的轉型正義調查報告書。我們將會依據調查報告所揭示的真相，來進行後續的轉型正義工作。挖掘真相、彌平傷痕、釐清責任。從此以後，過去的歷史不再是臺灣分裂的原因，而是臺灣一起往前走的動力。

附錄四：蔡英文總統就職演說全文（2016年5月20日）

　　同樣在公平正義的議題上，我會秉持相同的原則，來面對原住民族的議題。今天的就職典禮，原住民族的小朋友在唱國歌之前，先唱了他們部落傳統的古調。這象徵了，我們不敢忘記，這個島上先來後到的順序。

　　新政府會用道歉的態度，來面對原住民族相關議題，重建原民史觀，逐步推動自治，復育語言文化，提升生活照顧，這就是我要領導新政府推動的改變。

　　接下來，新政府也會積極推動司法改革。這是現階段臺灣人民最關心的議題。司法無法親近人民、不被人民信任、司法無法有效打擊犯罪，以及，司法失去作為正義最後一道防線的功能，是人民普遍的感受。

　　為了展現新政府的決心，我們會在今年十月召開司法國是會議，透過人民實際的參與，讓社會力進來，一起推動司法改革。司法必須回應人民的需求，不再只是法律人的司法，而是全民的司法。司法改革也不只是司法人的家務事，而是全民參與的改革。這就是我對司法改革的期待。

第四、區域的和平穩定發展及兩岸關係

　　新政府要承擔的第四件事情，是區域的和平穩定與發展，以及妥善處理兩岸關係。過去三十年，無論是對亞洲或是全球，都是變動最劇烈的時期；而全球及區域的經濟穩定和集體安全，

也是各國政府越來越關心的課題。

臺灣在區域發展當中,一直是不可或缺的關鍵角色。但是近年來,區域的情勢快速變動,如果臺灣不善用自己的實力和籌碼,積極參與區域事務,不但將會變得無足輕重,甚至可能被邊緣化,喪失對於未來的自主權。

我們有危機,但也有轉機。臺灣現階段的經濟發展,和區域中許多國家高度關聯和互補。如果將打造經濟發展新模式的努力,透過和亞洲、乃至亞太區域的國家合作,共同形塑未來的發展策略,不但可以為區域的經濟創新、結構調整和永續發展,做出積極的貢獻,更可以和區域內的成員,建立緊密的「經濟共同體」意識。

我們要和其他國家共享資源、人才與市場,擴大經濟規模,讓資源有效利用。「新南向政策」就是基於這樣的精神。我們會在科技、文化與經貿等各層面,和區域成員廣泛交流合作,尤其是增進與東協、印度的多元關係。為此,我們也願意和對岸,就共同參與區域發展的相關議題,坦誠交換意見,尋求各種合作與協力的可能性。

在積極發展經濟的同時,亞太地區的安全情勢也變得越來越複雜,而兩岸關係,也成為建構區域和平與集體安全的重要一環。這個建構的進程,臺灣會做一個「和平的堅定維護者」,積極參與,絕不缺席;我們也將致力維持兩岸關係的和平穩定;

附錄四：蔡英文總統就職演說全文（2016年5月20日）

我們更會努力促成內部和解，強化民主機制，凝聚共識，形成一致對外的立場。

對話和溝通，是我們達成目標最重要的關鍵。臺灣也要成為一個「和平的積極溝通者」，我們將和相關的各方，建立常態、緊密的溝通機制，隨時交換意見，防止誤判，建立互信，有效解決爭議。我們將謹守和平原則、利益共享原則，來處理相關的爭議。

我依照中華民國憲法當選總統，我有責任捍衛中華民國的主權和領土；對於東海及南海問題，我們主張應擱置爭議，共同開發。

兩岸之間的對話與溝通，我們也將努力維持現有的機制。1992年兩岸兩會秉持相互諒解、求同存異的政治思維，進行溝通協商，達成若干的共同認知與諒解，我尊重這個歷史事實。92年之後，20多年來雙方交流、協商所累積形成的現狀與成果，兩岸都應該共同珍惜與維護，並在這個既有的事實與政治基礎上，持續推動兩岸關係和平穩定發展；新政府會依據中華民國憲法、兩岸人民關係條例及其他相關法律，處理兩岸事務。兩岸的兩個執政黨應該要放下歷史包袱，展開良性對話，造福兩岸人民。

我所講的既有政治基礎，包含幾個關鍵元素，第一，1992年兩岸兩會會談的歷史事實與求同存異的共同認知，這是歷史

事實;第二,中華民國現行憲政體制;第三,兩岸過去 20 多年來協商和交流互動的成果;第四,臺灣民主原則及普遍民意。

第五、外交與全球性議題

新政府要承擔的第五件事情,是善盡地球公民的責任,在外交與全球性的議題上做出貢獻。讓臺灣走向世界,也要讓世界走進臺灣。

現場有許多來自各國的元首與使節團,我要特別謝謝他們,長久以來一直幫助臺灣,讓我們有機會參與國際社會。未來,我們會持續透過官方互動、企業投資與民間合作各種方式,分享臺灣發展的經驗,與友邦建立永續的夥伴關係。

臺灣是全球公民社會的模範生,民主化以來,我們始終堅持和平、自由、民主及人權的普世價值。我們會秉持這個精神,加入全球議題的價值同盟。我們會繼續深化與包括美國、日本、歐洲在內的友好民主國家的關係,在共同的價值基礎上,推動全方位的合作。

我們會積極參與國際經貿合作及規則制定,堅定維護全球的經濟秩序,並且融入重要的區域經貿體系。我們也不會在防制全球暖化、氣候變遷的議題上缺席。我們將會在行政院設立專責的能源和減碳辦公室,並且根據 COP21 巴黎協議的規定,定期檢討溫室氣體的減量目標,與友好國家攜手,共同維護永

附錄四：蔡英文總統就職演說全文（2016年5月20日）

續的地球。

同時，新政府會支持並參與，全球性新興議題的國際合作，包括人道救援、醫療援助、疾病的防治與研究、反恐合作，以及共同打擊跨國犯罪，讓臺灣成為國際社會不可或缺的夥伴。

結語

1996年臺灣第一次總統直選，到今年剛好20年。過去20年，在幾任政府以及公民社會的努力之下，我們成功渡過了許多新興民主國家必須面對的難關。在這個過程中，我們曾經有過許多感動人心的時刻和故事，不過，正如同世界上其他國家一樣，我們也曾經有過焦慮、不安、矛盾、與對立。

我們看到了社會的對立，進步與保守的對立，環境與開發的對立，以及，政治意識之間的對立。這些對立，曾經激發出選舉時的動員能量，不過也因為這些對立，我們的民主逐漸失去了解決問題的能力。

民主是一個進程，每一個時代的政治工作者，都要清楚認識他身上所肩負的責任。民主會倒退，民主也會前進。今天，我站在這裡，就是要告訴大家，倒退不是我們的選項。新政府的責任就是把臺灣的民主推向下一個階段：以前的民主是選舉的輸贏，現在的民主則是關於人民的幸福；以前的民主是兩個價值觀的對決，現在的民主則是不同價值觀的對話。

打造一個沒有被意識形態綁架的「團結的民主」，打造一個可以回應社會與經濟問題的「有效率的民主」，打造一個能夠實質照料人民的「務實的民主」，這就是新時代的意義。

只要我們相信，新時代就會來臨。只要這個國家的主人，有堅定的信念，新時代一定會在我們這一代人的手上誕生。

各位親愛的臺灣人民，我的演說就要結束了，改革就要開始了。從這一刻起，這個國家的擔子交在新政府身上。我會讓大家看到這個國家的改變。

歷史會記得我們這個勇敢的世代，這個國家的繁榮、尊嚴、團結、自信和公義，都有我們努力的痕跡。歷史會記住我們的勇敢，我們在 2016 年一起把國家帶向新的方向。這塊土地上的每一個人，都因為參與臺灣的改變，而感到驕傲。

剛才表演節目中有一首歌曲，有一句話讓我很感動，這句話說：現在是彼一天，勇敢ㄟ臺灣人。

各位國人同胞，兩千三百萬的臺灣人民，等待已經結束，現在就是那一天。今天，明天，未來的每一天，我們都要做一個守護民主、守護自由、守護這個國家的臺灣人。

謝謝大家。

附錄四:蔡英文總統就職演說全文(2016 年 5 月 20 日)

附錄五：賴清德總統就職演說全文（2024年5月20日）

蕭美琴副總統、各位友邦的元首與貴賓、各國駐臺使節代表、現場所有的嘉賓，電視機前、還有線上收看直播的好朋友，全體國人同胞，大家好：

我年輕的時候，立志行醫救人。我從政的時候，立志改變臺灣。現在，站在這裡，我立志壯大國家！

我以無比堅定的心情，接受人民的託付，就職中華民國第十六任總統，我將依據中華民國憲政體制，肩負起帶領國家勇往前進的重責大任。

回想1949年的今天，臺灣實施戒嚴，全面進入專制的黑暗年代。

1996年的今天，臺灣第一位民選總統宣誓就職，向國際社會傳達，中華民國臺灣是一個主權獨立的國家、主權在民。

2024年的今天，臺灣在完成三次政黨輪替之後，第一次同一政黨連續執政，正式展開第三任期！臺灣也揚帆進入一個充滿挑戰，又孕育無限希望的新時代。

附錄五：賴清德總統就職演說全文（2024 年 5 月 20 日）

這段歷程，是這塊土地上的人們，前仆後繼、犧牲奉獻所帶來的結果。雖然艱辛，但我們做到了！

此時此刻，我們不只見證新政府的開始，也是再一次迎接得來不易的民主勝利！

許多人將我和蕭美琴副總統的當選，解讀為「打破八年政黨輪替魔咒」。事實上，民主就是人民作主，每一次的選舉，虛幻的魔咒並不存在，只有人民對執政黨最嚴格的檢驗、對國家未來最真實的選擇。

我要感謝，過去八年來，蔡英文前總統、陳建仁前副總統和行政團隊的努力，為臺灣的發展，打下堅實的基礎。也請大家一起給他們一個最熱烈的掌聲！

我也要感謝國人同胞大家的支持，不受外來勢力的影響，堅定守護民主，向前走；不回頭，為臺灣翻開歷史的新頁！

在未來任期的每一天，我將「行公義，好憐憫，存謙卑的心」，「視民如親」，不愧於每一分信賴與託付。新政府也將兢兢業業，拿出最好的表現，來接受全民的檢驗。我們的施政更要不斷革新，開創臺灣政治的新風貌。

一、行政立法協調合作，共同推動國政

今年二月上任的新國會，是臺灣時隔十六年後，再次出現「三黨不過半」的立法院。面對這個政治新局，有些人抱持期

待，也有些人感到憂心。

我要告訴大家，這是全民選擇的新模式，當我們以新思維看待「三黨不過半」，這代表著，朝野政黨都能分享各自的理念，也將共同承擔國家的種種挑戰。

然而，全民對於政黨的理性問政，也有很大的期待。政黨在競爭之外，也應該有合作的信念，國家才能踏出穩健的步伐。

立法院的議事運作，應該遵守程序正義，多數尊重少數，少數服從多數，才能避免衝突，維持社會的安定和諧。

在民主社會，人民的利益至上，這是民主的根本；國家的利益優先於政黨的利益，這是政黨的天職。當朝野政黨推動法案，都能夠合乎憲法，秉持「人民至上」、「國家優先」的精神時，國政自然順利推展。

行政院卓榮泰院長率領的內閣團隊，也將優先解決對社會有益、朝野有共識的議題，以積極行動、創新思維，解決民瘼，來回應民意、服務人民。

目前，0403災後的復原工作，正在進行。我要再次向罹難者表示哀悼、慰問家屬。我也要感謝所有協助救災和重建的國人，以及再次感謝國際社會的關心和支持。

中央政府已經規劃投入285.5億元，來協助重建及產業振興，幫助花蓮民眾可以儘早恢復正常生活。

附錄五：賴清德總統就職演說全文（2024 年 5 月 20 日）

我對未來中央和地方的互相合作、行政和立法的協調運作，寄予厚望，也希望跟所有國人攜手努力，一起深化臺灣的民主，維護印太的和平，促進世界的繁榮！

二、民主臺灣，世界之光

各位國人同胞，民主、和平、繁榮是臺灣的國家路線，也是臺灣與世界的連結。

臺灣是「世界民主鏈」的亮點，民主臺灣的光榮時代已經來臨！

臺灣自從總統直選以來，已經成為全球最蓬勃發展的民主國家之一。我們持續提升人權，向世界展現民主自由的價值。

臺灣是亞洲第一個同性婚姻合法化的國家。

臺灣示範了，民主防疫可以優於專制防疫。

臺灣不論是民主指數，或是自由度的評比，在亞洲的排名都是數一數二。民主臺灣已經是世界之光，這份榮耀屬於全體臺灣人民！

未來，新政府將持續善用臺灣的民主活力，推動國家發展，也加深國際合作。

對內，我會用人唯才，清廉勤政，並落實民主治理，建立開放政府，以「公開透明」、「人民作主」的精神，鼓勵大眾參與公共政策，繼續推動十八歲公民權，共同實踐國家的願景。

對外，我們將持續與民主國家，形成民主共同體，彼此交流各領域的發展經驗，一起對抗假訊息，強化民主韌性，因應各項挑戰，讓臺灣成為民主世界的 MVP！

三、民主臺灣，世界和平舵手

和平無價，戰爭沒有贏家。明年，第二次世界大戰結束，就滿八十年，臺灣和各國都一樣，走過戰後艱辛的復興道路，才有今天的發展成果，沒有人願意讓戰爭摧毀這一切。

如今，俄烏戰爭和以哈戰爭，持續衝擊全世界，中國的軍事行動以及灰色脅迫，也被視為全球和平穩定最大的戰略挑戰。

臺灣位居「第一島鏈」的戰略位置，牽動著世界地緣政治的發展。早在 1921 年，蔣渭水先生就指出，臺灣是「世界和平第一關的守衛」，在 2024 年的今天，臺灣的角色更加重要。

國際間已經有高度共識，認為臺海的和平穩定，是全球安全與繁榮不可或缺的要素。

為了因應當前複雜的國際情勢，世界各國已經展開積極的合作，來維持區域的和平穩定。

就在上個月，美國也完成了「印太安全補充撥款法案」的立法，將提供印太區域額外安全援助，支持臺海的和平穩定。

我們感謝世界各國對臺灣的重視和支持，我們也要向世界宣告：民主自由，是臺灣不可退讓的堅持，和平是唯一的選項，

附錄五：賴清德總統就職演說全文（2024 年 5 月 20 日）

繁榮是長治久安的目標！

由於兩岸的未來，對世界的局勢有決定性的影響，承接民主化臺灣的我們，將是和平的舵手，新政府將秉持「四個堅持」，不卑不亢，維持現狀。

我也要呼籲中國，停止對臺灣文攻武嚇，一起和臺灣承擔全球的責任，致力於維持臺海及區域的和平穩定，確保全球免於戰爭的恐懼。

臺灣人民熱愛和平，與人為善。我始終認為，如果國家領導人以人民福祉為最高考量，那麼，臺海和平、互利互惠、共存共榮，應該是彼此共同的目標。

因此，我希望中國正視中華民國存在的事實，尊重臺灣人民的選擇，拿出誠意，和臺灣民選合法的政府，在對等、尊嚴的原則下，以對話取代對抗，交流取代圍堵，進行合作，可以先從重啟雙邊對等的觀光旅遊，以及學位生來臺就學開始，一起追求和平共榮。

各位國人同胞，我們有追求和平的理想，但不能有幻想。在中國尚未放棄武力犯臺之下，國人應該了解：即使全盤接受中國的主張，放棄主權，中國併吞臺灣的企圖並不會消失。

面對來自中國的各種威脅滲透，我們必須展現守護國家的決心，提升全民保家衛國的意識，健全國安法制，並且積極落

實「和平四大支柱行動方案」,強化國防力量,建構經濟安全,展現穩定而有原則的兩岸關係領導能力,以及推動價值外交,跟全球民主國家肩並肩,形成和平共同體,來發揮威懾力量,避免戰爭發生,靠實力達到和平的目標!

四、民主臺灣,世界繁榮推手

臺灣需要世界,世界也需要臺灣!臺灣不只是打開世界的大門,臺灣已經走到世界舞台的中心!

展望未來的世界,半導體無所不在,AI 浪潮席捲而來。現在的臺灣,掌握半導體先進製程技術,站在 AI 革命的中心,是「全球民主供應鏈」的關鍵,影響世界經濟發展,以及人類生活的幸福與繁榮。

各位國人同胞,當我們主張,中華民國臺灣的未來,由兩千三百萬人民共同決定。我們決定的未來,不只是我們國家的未來,也是全世界的未來!

我們要走對的路,產業要大展身手,做世界繁榮的推手,讓臺灣每前進一步,世界就向前一步!

過去,我擔任行政院長、副總統,到全國各地的產業拜訪,我了解臺灣產業的潛力和需求。未來,政府會跟產業界密切合作,把握三大方向,推動臺灣的發展。

第一個方向是,「前瞻未來,智慧永續」。

附錄五：賴清德總統就職演說全文（2024 年 5 月 20 日）

面對氣候危機，我們必須堅定地落實 2050 淨零轉型。面對全球智慧化的挑戰，我們站在半導體晶片矽島的基礎上，將全力推動臺灣成為「人工智慧之島」，促成人工智慧產業化，加速人工智慧的創新應用，並讓產業人工智慧化，用人工智慧的算力，來提升國力、軍力、人力和經濟力。

我們也必須發展創新驅動的經濟模式，透過數位轉型，以及淨零轉型的雙軸力量，來協助中小企業升級轉型，追求包容性成長，打造智慧永續新臺灣，創造臺灣第二次經濟奇蹟。

除了投資新創，培育新世代隱形冠軍之外，無論是量子電腦、機器人、元宇宙，或精準醫療，各領域的前瞻科技，我們也都要大膽投資，讓年輕人可以追逐夢想，也確保臺灣在未來世界的領先地位。

第二個方向是，「競逐太空，探索海洋」。

我們立定目標，要讓臺灣成為無人機民主供應鏈的亞洲中心，也要發展下一個世代通訊的中低軌道衛星，進軍全球太空產業。

我們更要探索海洋，發揮海洋國家的優勢，豐富人民的海洋生活，並且投入海洋科技研究，推動海洋產業發展，提升國家競爭力。我們要讓臺灣的經濟與產業，往更多面向發展，無遠弗屆。

第三個方向是,「布局全球,行銷全世界」。

臺灣已經申請加入 CPTPP,我們會積極爭取加入區域經濟整合;跟世界民主國家簽訂雙邊投資保障協定,深化貿易夥伴關係;並解決碳關稅問題,進一步開拓產業發展空間。

我們也要站穩全球供應鏈的關鍵地位,好好把握地緣政治變化所帶來的商機,發展半導體、人工智慧、軍工、安控,以及次世代通訊等「五大信賴產業」,並且持續改善投資環境,歡迎臺商回臺投資,鼓勵在地的企業擴大投資,根留臺灣。

我要向各行各業的朋友保證:各位有雄心壯志,追求頂尖,政府也有決心鼎力相助,讓臺灣的產業能夠立足臺灣、布局全球、行銷全世界!

臺灣絕對有能力,成為「經濟日不落國」,無論太陽從哪裡升起,都可以照到臺灣的企業,造福當地的發展,也讓臺灣人民能夠有更富足的生活!

五、樂民之樂,憂民之憂

我相信,經濟發展的果實,應該為全民所共享。未來,在推動「國家希望工程」、擴大社會投資之下,我要建立一個有愛和道德勇氣的臺灣社會。年輕人可以看見希望,壯年人可以實現夢想,老年人可以擁有幸福,弱勢者也可以得到照顧。每一個人在人生的每一個階段,都能夠獲得政府的支持。

附錄五：賴清德總統就職演說全文（2024 年 5 月 20 日）

　　未來，幼托、長照、社會住宅等服務，要延續擴大；物價、房價、貧富差距等問題，要不斷改善；食品安全、道路安全、校園安全、社會安全網等保障，要持續強化；還有，對於教育、司法、轉型正義等各項改革工作，也都要繼續做下去！

　　我了解國人對生活的煩惱和期待，凡是各位關心的議題、社會需要的改革，政府都會積極以對，全力以赴。

　　大家希望收入更高，我會推動產業升級，創造更好的薪資環境。

　　大家期待治安更好，我會積極打擊黑金、槍、毒和詐騙。

　　大家需要供電穩定，我會推動第二次能源轉型，發展多元綠能、智慧電網，強化電力系統的韌性。

　　大家關心勞保財務，我要再次強調，只要政府在，勞保絕對不會倒。

　　大家重視交通安全，我會打造符合人本的交通環境，擺脫「行人地獄」的惡名。

　　大家期待政府能夠幫助家庭照顧者減輕負擔，以及協助產業改善缺工的困境，這些問題，我都會積極解決。

　　迎向未來，我們都期待一個更強韌的臺灣，可以妥善因應傳染病、天災地變等各類型災害，以及加速都市更新，解決危老建築的問題。

我們也期待一個更健康的臺灣,我期許自己發揮醫師專業,集結各界的力量,打擊癌症,以及成立「體育暨運動發展部」,推展全民運動,並且確保健保永續經營,讓國人活得長壽又健康。

未來的臺灣,要保有多樣性的生態環境,多元族群的文化,以實踐環境永續、文化永續,讓國家更美好。

未來的臺灣,會有更多元發展的創新經濟,會有更普及的數位科技應用,會有更好的競爭力和雙語力,會有更強大的公共支持服務體系,也會有更尊重性別平等的環境,讓每一位國民的權利受到保障。

未來的臺灣,更要讓每一個縣市,依據特色發展,推動地方創生產業,落實「均衡臺灣」的目標,處處可以安居,人人可以樂業!

六、團結力量大,繼續壯大國家

親愛的國人同胞,國家的未來發展,需要每一分力量。面對全球化、全面性競爭的時代,沒有一個國家可以單打獨鬥,也沒有一個分裂的社會能夠成功面對。

團結一致,我們的腳步就更穩;相互扶持,我們的足跡就更遠。為了國家的生存發展,我將透過民主的力量,團結所有國人,壯大國家。

附錄五：賴清德總統就職演說全文（2024年5月20日）

　　我們都知道，有主權才有國家！根據中華民國憲法，中華民國主權屬於國民全體；有中華民國國籍者，為中華民國國民；由此可見，中華民國與中華人民共和國互不隸屬。每一個人，都要團結、愛護國家；任何一個政黨，都應該要反併吞、護主權，不可為了政權犧牲國家主權。

　　當世界上有越來越多國家，公開支持臺灣的國際參與，在在證明了，臺灣是世界的臺灣，臺灣是全球和平繁榮值得信賴的力量。

　　全體國人不分族群，也不論先來後到，只要認同臺灣，都是這個國家的主人。無論是中華民國、中華民國臺灣，或是臺灣，皆是我們自己或國際友人稱呼我們國家的名稱，都一樣響亮。就讓我們不分彼此，大家一條心，大步走向世界！

七、臺灣新世界，世界新臺灣

　　當臺灣走進世界，我們也歡迎世界走進臺灣。許多新住民朋友、外籍友人，從世界各地來到臺灣，寫下屬於臺灣的新篇章。我要感謝你們，我也要向你們致敬！

　　今天現場，也有千里來訪的國際友人，有歸國的僑胞朋友，以實際行動支持臺灣。我們是不是用最熱烈的掌聲歡迎、感謝他們！

　　今晚，我們接待國內外賓客的國宴，選擇在臺南舉辦。1624

年,臺灣從臺南出發,開啟臺灣全球化的開端。站在「臺南400」的歷史時刻,臺灣更要展現自信,勇敢航向新世界,讓世界迎接新臺灣。

　　我也要邀請每一位國人,和我一起為孕育你我的母親臺灣喝采,我們一起用行動守護她、榮耀她,讓世界擁抱她,讓她成為國際上令人尊敬的偉大國家!謝謝大家!

國家圖書館出版品預行編目資料

他們的初心：台灣五位民選總統首任就職演說敘事批評 / 胡幼偉 著 . -- 第一版 . -- 臺北市：崧燁文化事業有限公司, 2025.05
面；　公分
POD 版
ISBN 978-626-416-616-4(平裝)
1.CST: 總統 2.CST: 演說 3.CST: 文本分析
812.5　　　　　　　114005724

電子書購買

爽讀 APP

他們的初心：台灣五位民選總統首任就職演說敘事批評

臉書

作　　者：胡幼偉
發 行 人：黃振庭
出 版 者：崧燁文化事業有限公司
發 行 者：崧燁文化事業有限公司
E - m a i l：sonbookservice@gmail.com
粉 絲 頁：https://www.facebook.com/sonbookss/
網　　址：https://sonbook.net/
地　　址：台北市中正區重慶南路一段 61 號 8 樓
8F., No.61, Sec. 1, Chongqing S. Rd., Zhongzheng Dist., Taipei City 100, Taiwan
電　　話：(02) 2370-3310　　傳　　真：(02) 2388-1990
印　　刷：京峯數位服務有限公司
律師顧問：廣華律師事務所 張珮琦律師

-版權聲明-

本書版權為作者所有授權崧燁文化事業有限公司獨家發行電子書及繁體書繁體字版。
若有其他相關權利及授權需求請與本公司聯繫。
未經書面許可，不可複製、發行。

定　　價：350 元
發行日期：2025 年 05 月第一版
首刷 500 本
◎本書以 POD 印製